Chères lectrices,

C'est à peine si nous l'avons vue venir, cette rentrée, tant nous étions absorbées par les vacances ! Pourtant, certains signes auraient dû nous mettre sur la voie : les grands magasins qui, dès le mois d'août, commencent à arborer des vêtements aux couleurs automnales ; les arbres dont le feuillage se met à roussir ; le temps qui devient plus incertain…

En dépit de cela, nous avons préféré faire comme si de rien n'était, nous habillant coûte que coûte en petites robes légères, prolongeant ainsi l'illusion de vacances éternelles !

Ces derniers jours, pourtant, impossible de le nier : la rentrée s'est bel et bien installée. D'ailleurs, finalement, n'est-ce pas pour le mieux ? L'oisiveté a du bon, mais nous finissions par nous en lasser. L'esprit léger, bien reposées, joliment dorées par le soleil, ne sommes-nous pas dans les meilleures conditions pour attaquer le tourbillon de ce mois de septembre ? Et puis, que les plus récalcitrantes d'entre nous se rassurent : les prochaines vacances ne sont pas si loin…

D'ici là, je vous souhaite une bonne rentrée et une excellente lecture !

La responsable de collection

Une intense attirance

NICOLA MARSH

Une intense attirance

COLLECTION AZUR

*éditions*Harlequin

Cet ouvrage a été publié en langue anglaise
sous le titre :
THE WEDDING CONTRACT

Traduction française de
CAMILLE MATHIEU

HARLEQUIN®

est une marque déposée du Groupe Harlequin
et Azur ® est une marque déposée d'Harlequin S.A.

Toute représentation ou reproduction, par quelque procédé que ce soit, constituerait
une contrefaçon sanctionnée par les articles 425 et suivants du Code pénal.
© 2004, Nicola Marsh. © 2005, Traduction française : Harlequin S.A.
83-85, boulevard Vincent-Auriol, 75013 PARIS — Tél. : 01 42 16 63 63
Service Lectrices — Tél. : 01 45 82 47 47
ISBN 2-280-20423-1 — ISSN 0993-4448

Steve Rockwell n'était pas là pour prendre du bon temps. Il avait beaucoup plus important à faire. Gagner de l'argent, notamment.

— Puis-je vous aider ? s'enquit quelqu'un en le retenant par le bras.

— Non, ça va, merci.

Il s'impatientait : plus vite il aurait terminé son travail ici, plus vite il serait de retour à Sydney. Il ne tenait pas particulièrement à s'attarder sur la Gold Coast, dans ce petit parc d'attractions sans prétention.

Mais son agacement s'évanouit instantanément lorsqu'il croisa le magnifique regard noisette de l'importune. Il n'avait jamais vu de tels yeux auparavant. Oscillant entre le vert et le marron, ils étaient parsemés de minuscules pépites dorées.

Pas mal, pour ceux qui appréciaient ce genre-là. Pour sa part, il préférait les yeux bleus.

Il détailla la jeune femme qui se tenait en face de lui. On ne pouvait pas dire que ses vêtements la mettaient en valeur. Etrange accoutrement, cette ample tenue de gitane ; mais à quoi pouvait-il s'attendre, dans un tel endroit ?

— Vous semblez perdu, dit-elle avec une amabilité que démentait son regard suspicieux.

Il observa sa main, toujours posée sur son bras : contrairement aux femmes qu'il côtoyait d'ordinaire, elle n'était pas une habituée des salons de manucure…

Se reculant légèrement, il fut surpris d'éprouver une sensation de manque en ne sentant plus le contact de sa main. L'insupportable chaleur du Queensland avait dû semer la pagaille dans son système nerveux !

— Je viens voir Colin Lawrence. Ce n'est pas son bureau, là-bas ? demanda-t-il en désignant un petit bâtiment en préfabriqué, à l'autre bout du parc d'attractions.

— Il n'est pas là. Je peux vous aider ?

Elle n'avait certes pas froid aux yeux, mais il n'avait aucunement l'intention de traiter avec elle. Il voulait parler au patron, pas à une simple employée habillée comme l'as de pique !

— Je ne pense pas. Je vous ferai signe, si j'ai envie qu'on me lise les lignes de la main.

— Oh, répondit-elle sur un ton de défi, je n'aurais aucun mal à prédire votre avenir.

Tiens donc, elle aimait la bagarre ? Ça ne le dérangerait pas de croiser le fer avec elle, après tout, c'était ce qu'il savait faire le mieux. Il n'était pas devenu l'associé de l'un des bureaux d'avocats les plus prestigieux de Sydney par hasard.

— Eh bien allez-y, madame Irma. Etonnez-moi !

— Pas ici, fit-elle en ignorant sa main tendue. Il y a trop de monde pour ce que j'ai à vous révéler. Suivez-moi plutôt dans mon repaire.

Alors là, c'était la meilleure proposition qu'on lui ait faite de toute la journée !

Il lui emboîta le pas tout en admirant le doux balancement de sa longue jupe autour de ses chevilles. Elle portait des sandales, une chaîne à la cheville et un anneau d'orteil en argent. Faisaient-ils seulement partie de son costume, ou bien les portait-elle en permanence ? Pour sa part, Steve n'était pas très fan de bijoux, et encore moins des piercings, très en vogue chez les femmes aujourd'hui. Elle, en revanche, semblait apprécier ce genre d'accessoires. Ça ne l'étonnerait pas qu'elle porte un anneau au nombril, assorti à celui de son orteil...

— Vous entrez ou vous préférez rester planté dehors toute la journée à contempler mes pieds ? lança-t-elle avec un sourire insolent, en soulevant une tenture pourpre.

Mon Dieu, quelle bouche ! A la vue de ses lèvres ourlées d'un rose pulpeux, l'imagination de Steve s'emballa. Oui, le soleil au zénith avait dû endommager son cerveau plus qu'il ne l'avait cru... Depuis quand mélangeait-il les affaires et le plaisir ?

— Qui vous dit que je les contemplais ?

— Je vois tout, répliqua-t-elle en s'asseyant derrière une petite table recouverte de satin rouge. Et voici l'heure de vérité. Donnez-moi votre main.

Il se sentait tout simplement ridicule, assis là sous cette tente, dans ce petit parc d'attractions, en face d'une voyante de pacotille ! Il tendit néanmoins la main.

Dès qu'elle le toucha, il comprit que cette mystérieuse femme l'avait envoûté à la minute même où son regard s'était posé sur elle : il l'aurait suivie n'importe où à seule fin de mieux la connaître.

— Très bien, mademoiselle Je-sais-tout. Que voyez-vous ?

— Mmm, intéressant…, fit-elle évasivement en examinant sa main avec attention.

Tu parles !

Tandis qu'elle faisait mine de se concentrer sur ses mains, Steve eut tout le loisir d'étudier ses traits. Son voile avait glissé quand elle s'était penchée en avant, révélant une abondante chevelure blonde qui frôlait ses épaules et brillait à la lueur des bougies. Elle devait passer beaucoup de temps dehors, à en juger par son teint hâlé… En la voyant si absorbée dans l'étude de sa paume, le front barré d'un léger pli et les lèvres entrouvertes, il ressentit un désir irrépressible de l'embrasser.

Cette fille était vraiment une beauté ! Dommage qu'il doive rentrer si vite à Sydney…

— Vous ne m'avez toujours rien révélé, dit-il au bout d'un moment, espérant qu'elle relève la tête pour pouvoir admirer de nouveau ses yeux magnifiques.

Comme si elle avait lu dans ses pensées, elle fixa sur lui un regard perçant et annonça :

— Vous êtes impatient, sûr de vous et vous avez l'habitude de parvenir à vos fins sans l'aide de quiconque. Vous êtes un fonceur et ne laissez jamais personne vous empêcher d'atteindre votre objectif. J'ajouterais que vous possédez une bonne dose d'arrogance.

— Vous êtes douée ! Autre chose ?

— Vous êtes du genre à attirer les ennuis, ajouta-t-elle calmement, laissant toutefois percevoir un léger tremblement avant qu'il ne lui lâche la main.

— Seulement lorsque quelqu'un se met en travers de mon chemin, répondit-il du tac au tac.

Si elle avait réussi à attiser son intérêt, il avait perdu assez de temps. Il se leva, soudain agacé d'avoir autant lambiné.

— Dites-moi plutôt quelque chose que je ne sais pas déjà, lança-t-elle en se calant contre le dossier de sa chaise. Que voulez-vous à Colin ?

— Je dois lui parler business. Pouvez-vous m'indiquer où il se trouve ?

— J'en étais sûre ! Encore un de ces vautours qui rôdent dans le coin ! Vous êtes quoi : comptable, avocat ? fit-elle avec mépris, comme si cette profession était la pire qui puisse exister sur terre.

— Vous semblez vraiment avoir un don, reconnut-il, surpris par son brusque emportement. Je m'appelle Steve Rockwell, je suis effectivement avocat et je défends les intérêts de la compagnie Water World.

— Dans ce cas, déguerpissez. Nous n'avons rien à vous dire ! jeta-t-elle en serrant les poings, les yeux flamboyants de fureur.

— Comment ça, nous ?

De quel droit une si petite bonne femme, diseuse de bonne aventure de surcroît, se permettait-elle de parler au nom de l'entreprise qu'il était venu couler ?

— Vous avez entendu ? Mon père et moi ne sommes pas intéressés par vos propositions. Vous pouvez retourner d'où vous venez !

Dieu, qu'elle était belle quand elle se mettait en colère ! Une vraie lionne prête à griffer. En d'autres circonstances, il aurait adoré passer plus de temps avec elle… Hélas, cette créature n'était autre que la fille de Colin Lawrence, et ne pas laisser la bagatelle interférer dans son boulot faisait partie de ses plus fermes principes.

— C'est impossible. A moins que le propriétaire de cet établissement ne négocie directement avec moi, cet endroit est fini.

— Il n'en est pas question. Notre concurrent tente de nous racheter depuis des années, mais ça n'arrivera jamais. Suis-je assez claire ?

— Water World est l'un des plus grands parcs d'attractions de la région. Vous croyez vraiment avoir la moindre chance ? riposta-t-il en la dominant de toute sa hauteur.

— Maintenant, vous allez m'écouter, monsieur, se rebiffat-elle, nullement impressionnée. Cet endroit représente toute la vie de mon père et personne ne le lui prendra, jamais ! Que faut-il que je fasse pour que ça rentre dans votre petite tête ?

Steve n'avait jamais été du genre emporté. Depuis sa naissance, sa mère avait toujours planifié sa vie à sa guise, chaque action de son existence bien ordonnée avait été prévue dans les moindres détails.

Mais, cette fois-ci, il se laissa guider par l'impulsion du moment.

L'attirant vivement à lui, il l'embrassa presque brutalement. Elle l'avait émoustillé avec son effronterie et il tenait à lui donner une petite leçon. Malheureusement, il oublia en quoi elle consistait lorsque ses lèvres rencontrèrent les siennes…

Il l'embrassa avec passion, la forçant à entrouvrir les lèvres. Tout d'abord réticente, elle finit par capituler dans un long soupir, et il prolongea leur baiser, mordillant sa lèvre inférieure, la torturant tendrement jusqu'à ce qu'elle se laisse aller contre son torse.

Glissant ses doigts dans ses cheveux, il fit basculer sa tête en arrière pour approfondir encore leur baiser. C'était

12

comme savourer un fruit défendu, bien qu'il sût pertinemment qu'il regretterait cet instant de folie à l'instant même où ils se sépareraient. A son grand étonnement, loin de le repousser, elle s'accrocha à sa chemise, comme pour l'encourager à aller plus loin…

Puis soudain, sans crier gare, elle le repoussa violemment, le fixant d'un air horrifié.

— Qu'est-ce qui vous prend ?

— Je m'excuse, murmura-t-il en reculant.

Il ne se sentait pourtant pas le moins du monde désolé à la vue de ses joues empourprées, de ses lèvres légèrement gonflées et de sa respiration saccadée. En fait, il n'avait qu'une seule envie, recommencer sur-le-champ, jusqu'à ce qu'elle le supplie de lui faire l'amour !

— Je pense que vous devriez partir, dit-elle en s'éloignant d'un pas mal assuré.

Percevant le frémissement dans sa voix, il fut aussitôt assailli par le remords. Non mais, qu'est-ce qu'il lui prenait de malmener la fille de l'homme avec qui il devait traiter ? D'ordinaire, lorsqu'il cherchait à séduire une femme, il procédait avec tact… non qu'il ait voulu la séduire, d'ailleurs. Les femmes portant des anneaux aux orteils n'étaient pas du tout son type.

Il tendit la main vers elle, mais interrompit son geste. La toucher maintenant ne serait pas une bonne idée.

— Comment vous appelez-vous ?

— Il est un peu tard pour échanger des civilités, vous ne trouvez pas ? dit-elle en faisant volte-face, des éclairs dans les yeux.

Il avait mérité sa colère, étant donné la façon dont il s'était comporté. Il n'avait pas l'habitude de s'excuser ; cela dit, il ferait mieux de s'exécuter s'il voulait éviter de voir Colin Lawrence le poursuivre armé d'un fusil, ou, pis… en justice !

Il baissa la tête dans un geste d'humilité. Elle pouvait bien s'en satisfaire, car il n'était pas homme à courber l'échine !

— Je ne sais pas ce qui m'a pris. Veuillez accepter mes excuses. Mais vous m'avez tellement énervé que…

— Vous embrassez toutes les personnes qui osent vous tenir tête ? le coupa-t-elle en croisant les bras.

Une fois encore, ses pensées divaguèrent en voyant la voluptueuse poitrine de la jeune femme palpiter sous le tissu vaporeux.

— Les gens désapprouvent rarement *tout* ce que je dis, répondit-il en essayant tant bien que mal de se concentrer sur son visage.

— Eh bien, il y a une première fois à tout, fit-elle en le fixant intensément, consciente de la direction de son regard. Il est temps que quelqu'un vous tienne la dragée haute.

Malgré lui, Steve appréciait son attitude combative. Cette femme était prête à se battre bec et ongles pour défendre ses convictions et ses intérêts. Il admirait la loyauté dont elle faisait preuve ; les femmes avec qui il était sorti jusqu'à présent ne pouvaient pas en dire autant, hélas….

— Faites attention, je risquerais de relever le défi. Et vous savez très bien où ça pourrait nous mener.

— Mon père rentrera tard, repartit-elle en rougissant. Je lui dirai que vous êtes passé. Et, maintenant, si ça ne vous fait rien, j'ai du travail, ajouta-t-elle en soulevant la tenture pour le laisser passer.

— Vous avez gagné ce coup-ci, mais je reviendrai.

— Je n'en doute pas une seconde. A plus tard, maestro, dit-elle en se faufilant à travers la foule.

14

— Eh, attendez ! Comment vous vous appelez ? cria-t-il, réalisant qu'il n'en savait toujours rien.

— Amber, lança-t-elle sans se retourner.

Ce prénom se mariait à la perfection à la couleur de ses cheveux et de sa peau, d'un blond doré, comme la pierre du même nom.

Quelle femme !

Finalement, ce travail ne serait peut-être pas aussi facile qu'il l'avait imaginé. Peut-être même devrait-il rester plus longtemps que nécessaire…

Amber regarda en direction du bureau de son père. Elle n'en revenait toujours pas d'avoir embrassé cet avocat !

Elle l'avait repéré dès son arrivée, en le voyant fureter parmi la foule avec son air inquisiteur. Son costume taillé sur mesure l'avait aussitôt trahi…. d'autant que la jeune femme avait été avertie par son père de la prochaine visite d'un avocat de Sydney.

Il ne ressemblait pas exactement à l'homme plutôt âgé, tout ratatiné et conservateur qu'elle s'était attendue à rencontrer.

Non, il fallait bien avouer que Steve Rockwell, la petite trentaine, svelte et beau comme un dieu, ne correspondait pas le moins du monde à l'image qu'elle s'en était faite !

Mais, bon, elle n'avait pas du tout envie de penser à lui, au contraire, elle préférait oublier tout ce qu'il avait pu dire… ou faire.

Et puis, après tout, ce n'était certainement pas la première fois qu'on l'embrassait !

Oui, mais jamais ainsi, ça, c'était sûr…

Zut, il fallait qu'elle s'en remette ; ce n'était pas, non plus, une situation si extraordinaire ! Dans sa vie, elle avait déjà affronté bien pis. S'il croyait lui faire changer d'avis à propos du parc grâce à un simple baiser, il n'avait encore rien vu !

— Salut, papa. Tu as une minute ? s'exclama-t-elle finalement en entrant dans le bureau de son père.

— J'ai toujours du temps pour ma fille préférée, dit ce dernier, visiblement ravi de la voir. Que se passe-t-il ?

— Je viens de rencontrer l'avocat dont tu m'avais parlé. Et il ne me dit rien qui vaille.

— Nous en avons déjà discuté, ma chérie. On ne pourra pas y couper. Où est-il ? s'inquiéta-t-il néanmoins.

— J'ai réussi à le faire partir, mais il a dit qu'il allait revenir. On ne peut vraiment rien faire ? Peut-être contracter un autre prêt ? Trouver un nouveau financement ? Tout ça est tellement injuste !

— Non, je n'ai plus le choix. Soit on vend à nos concurrents, soit c'est la faillite, répondit-il en secouant la tête, faisant voler en éclats son dernier espoir. Je suis désolé, ma chérie, ajouta-t-il sur un ton las. C'est sans issue.

— Ne t'inquiète pas, tout va s'arranger, tu verras, le rassura-t-elle en se penchant pour l'embrasser.

Mais elle avait beaucoup de mal à retenir ses larmes.

Les choses n'avaient plus jamais été les mêmes, après la mort de sa mère. Elle n'avait que douze ans lorsque celle-ci avait été emportée par un cancer, au terme d'un long et onéreux combat. Depuis, son père avait fait tout ce qui était en son pouvoir pour maintenir à flot le parc d'attractions, ultime vestige des jours heureux. Ce parc, ils l'avaient créé ensemble ; et il ne pouvait se résoudre à l'abandonner.

Des années plus tard, il avait insisté pour payer les études universitaires de sa fille, portant par la même occasion un coup fatal à leurs finances déjà bien mal en point. Elle possédait aujourd'hui une maîtrise de commerce — et après ? Ce n'est pas grâce à son diplôme qu'elle réussirait à sauver l'entreprise que ses parents, à partir de rien, avaient fondée. Le prix qu'il avait coûté n'avait fait que hâter sa ruine, et elle s'en rendait coupable.

Et, maintenant, son père allait perdre la dernière chose qui comptait à ses yeux… Non, elle ne pouvait pas laisser faire sans réagir.

— Pourquoi ne rencontres-tu pas cet avocat pour savoir ce qu'il a à dire ? dit-elle, à contrecœur.

Malgré ce qui s'était passé entre eux tout à l'heure, elle avait le sentiment que, sous ses dehors arrogants, cet avocat avait un bon fond. Peut-être serait-il capable de faire preuve d'un minimum de compassion. De toute façon, au point où ils en étaient, ils n'avaient rien à perdre.

— Mais c'était bien mon intention. Pourquoi l'as-tu fait fuir ?

Elle ne put réprimer un frisson au souvenir du baiser qu'ils avaient échangé et des sensations vertigineuses qu'il lui avait procurées. Alors, elle n'avait pas eu le choix : il fallait absolument qu'elle se débarrasse de lui avant de faire quelque chose d'encore plus stupide — comme de l'entraîner dans sa caravane.

— Je n'ai pas aimé la façon dont il m'a traitée !

Mon Dieu, si son père avait la moindre idée de la manière dont elle avait effectivement réagi à son « traitement » ! Rien qu'à cette idée, elle se sentait rougir de honte.

— Vous êtes trop passionnée, ma petite demoiselle.

— Aucun homme n'a jamais réussi à m'amadouer, tu le sais bien, papa, fit-elle en relevant fièrement le menton.

— Et pourtant, un de ces jours, il y en a bien un qui saura te faire plier, répondit-il en ricanant.

— Tu es le seul homme dans ma vie qui vaille la peine que je m'occupe de lui, dit-elle en lui prenant la main, et tout en s'efforçant de refouler la vision d'un certain avocat aux yeux gris éclatants.

Il n'était même pas digne d'occuper ses pensées, fussent-elles fugitives.

Restait à s'en persuader…

Avant de partir, Steve visita le parc : il ne suffisait pas de lire quelques rapports pour bien défendre un dossier.

Son patron, Jeff Byrne, connaissait le propriétaire du parc Water World, qui lui avait demandé de le représenter dans le rachat d'un concurrent « insignifiant », selon ses propres termes. Et c'est à lui que Jeff avait décidé de faire appel pour mener à bien cette mission.

Il se retrouvait donc ici, bien décidé à finaliser l'affaire et à retrouver au plus vite son appartement, situé près du port de Sydney, son yacht et sa dernière conquête en date. Il n'avait jamais apprécié le faste de la Gold Coast, lui préférant amplement les attraits classiques d'une grande ville.

A cet instant, comme pour lui rappeler que cet endroit pouvait tout de même s'enorgueillir de quelques charmes, il aperçut, parmi la foule, la fine silhouette d'Amber. Elle s'arrêta pour aider un enfant à rattraper son ballon et le soleil illumina sa magnifique chevelure.

La Gold Coast n'avait pas que des désagréments, pensa-t-il en s'approchant. En le voyant, elle arbora une expression peu accueillante.

— Que faites-vous encore ici ?

— J'ai eu envie de visiter un peu l'endroit.

— Histoire de voir à quoi il ressemble avant de le détruire, sans doute ?

Même s'il avait apprécié leur petite joute verbale, tout à l'heure, il préférait ne pas relever l'attaque. Après tout, il aurait probablement réagi de la même façon, s'il avait été à sa place.

— Je suis ici pour conclure une affaire, ça s'arrête là.

— Avez-vous la moindre idée de ce que cet endroit représente pour nous ? lança-t-elle, refoulant ses larmes.

— Eh bien, montrez moi, dit-il malgré lui, furieux de s'être une fois de plus laissé attendrir.

Jusqu'à présent, il ne s'était fait avoir qu'une seule fois, quand une de ces ex, Kara Roberts, était venue pleurer sur son épaule à cause de son petit ami, Matt Byrne, autrefois son rival, aujourd'hui son associé. Il ne supportait pas de voir une femme pleurer ; il se sentait alors inutile et mal à l'aise, deux sentiments qu'il n'avait pas l'habitude d'éprouver. Mais, aujourd'hui, il n'avait aucune envie de renouveler cette expérience déplaisante.

Qu'est-ce qu'il lui prenait ? Il n'était pas question de jouer au preux chevalier volant à la rescousse d'une quasi inconnue !

Malheureusement pour lui, Amber esquissa un sourire éblouissant… et il sut qu'il était perdu.

— Vous voulez que je vous fasse visiter les lieux ?

— Je vous suis, repartit-il en lui emboîtant le pas.

Tandis qu'il l'écoutait décrire le parc d'attractions avec un orgueil non dissimulé, Steve constata avec surprise que les affaires ne semblaient pas tourner si mal et que les employés paraissaient heureux de leur sort. Pourquoi cet endroit ne générait-il pas plus de profit ? Colin Lawrence avait-il la fièvre du jeu, ou une coûteuse maîtresse ?

Intrigué, il finit par poser directement la question à la jeune femme. Il avait déjà connu des entreprises plus mal en point ; peut-être pouvait-il encore faire quelque chose, et, par la même occasion, s'attirer les faveurs de son joli guide.

— Nous nous sommes endettés il y a quelques années de cela et n'avons pas réussi à sortir la tête hors de l'eau depuis. La situation n'a fait qu'empirer avec l'arrivée de tous les autres.

— Vous voulez parler de vos concurrents ?

— Oui. Nous sommes fiers de nos méthodes à l'ancienne, mais, hélas, ça ne suffit plus. Nous ne pouvons pas nous permettre d'offrir des tours de manèges gratuits à nos clients. Tout ce qui nous reste, c'est notre expérience.

En observant un peu autour de lui, Steve se rendit compte qu'elle avait raison : il n'avait jamais vu un endroit pareil, sauf dans les films. Avec son manège de chevaux de bois fraîchement repeints, son stand de pêche aux canards et ses vendeurs de guimauve, ce parc avait des allures d'autrefois. Et il était ici pour tout faire disparaître.

— N'y a-t-il aucun moyen de sauver tout ça ?

— Nous avons déjà tout essayé. De toute manière, qu'est-ce que ça peut vous faire ? Vous êtes de leur côté, non ? s'écria-t-elle en désignant les montagnes russes du parc d'attractions voisin.

Il avait reçu son lot d'imprécations au cours de sa carrière, la plupart du temps lancées par des adversaires qui avaient perdu une affaire. Mais jamais aucune de ces critiques ne l'avaient autant atteint que celles de cette femme qui l'accusait de vouloir détruire sa vie.

— Je ne prends le parti de personne. Je fais simplement mon travail, se défendit-il d'un ton peu convaincant.

— Du moment que ça ne vous empêche pas de dormir la nuit…, lança-t-elle en se mettant en marche.

— Ecoutez, si je peux faire quelque chose pour vous aider, dites-le-moi, dit-il en la rattrapant par le bras.

Mais enfin que faisait-il ? Il était bel et bien en train de coopérer avec la partie adverse, bafouant les règles les plus élémentaires de son travail !

— En effet, il y a quelque chose, fit-elle en se penchant vers lui.

Pendant un bref instant, il crut qu'elle allait l'embrasser. Il respira son parfum avec délice… Il n'était pas sans rappeler l'odeur de l'encens. Steve avait l'impression que cette senteur l'enveloppait comme un souffle ; comment résister à cet enivrant sortilège ? A cet instant, il aurait été prêt à faire n'importe quoi, même marcher sur des charbons ardents, si au final il avait eu la certitude de pouvoir l'embrasser encore.

— Quoi donc ?

— Allez vous faire voir, lâcha-t-elle d'un ton sans réplique, les yeux flamboyants.

En un éclair, elle s'était dégagée de son emprise et s'éloignait à vive allure, la tête haute.

Il aurait aimé qu'elle se retourne ; elle n'en fit rien. Dommage. Elle ne verrait pas son sourire ravi…

Car, s'il y avait bien une chose qu'il adorait entre toutes, c'était relever un défi — et la fougueuse Amber Lawrence venait de lui en lancer un.

Il avait hâte de commencer la partie !

2.

Amber croyait au karma. Si vous traitiez mal les autres, un jour ou l'autre, vous en payiez les conséquences au centuple. En toute logique, après la façon dont elle s'était adressée à Steve Rockwell un peu plus tôt, cela n'allait pas tarder à lui arriver !

— Tu es sûr que tu ne peux pas te rendre toi-même au rendez-vous, papa ? implora-t-elle en tirant, mal à l'aise, sur l'ourlet de sa jupe trop courte.

— Navré, ma chérie, mais, si je sors, j'ai bien peur que ce mal de tête ne se transforme très vite en migraine. De toute façon, tu es tout à fait capable de t'en charger. Tu es mon bras droit, après tout.

— Je le sais, mais c'est à toi qu'incombe la décision finale.

Décidément, cette jupe n'avait pas l'intention de coopérer ; et elle remonta à mi-cuisse dès qu'Amber l'eut relâchée. Cela faisait trop longtemps qu'elle ne s'était pas acheté de vêtements — n'en ayant jusqu'à présent jamais entrevu l'utilité. Cependant, ce soir, pour un rendez-vous d'une telle importance, elle avait envie de paraître à son avantage… Or la robe qu'elle portait avait connu des jours meilleurs !

23

— Ecoute seulement ce qu'il a à dire. Tu n'as pas besoin d'accepter quoi que ce soit dans l'immédiat. On en discutera demain matin, d'accord ?

Elle ferma les yeux, taraudée par la culpabilité. Pourquoi se faisait-elle une telle montagne d'un simple rendez-vous de rien du tout ?

Tout simplement parce que ce n'était pas le dîner que son père avait organisé qui lui posait un problème, mais l'homme avec qui elle était censée le partager…

— Par ailleurs, M. Rockwell m'a semblé être un homme tout à fait raisonnable, au téléphone. Je suis sûr que vous allez très bien vous entendre, tous les deux.

— Ne t'inquiète pas, dit la jeune femme en embrassant son père sur la joue. Et appelle-moi si tu as besoin de quoi que ce soit.

— Arrête donc de te faire du souci pour moi ! Il faut juste que je dorme un peu. Demain, il n'y paraîtra plus.

En regardant le visage tanné de son père comme il sombrait dans le sommeil, Amber sentit son cœur se gonfler d'amour. Il lui avait offert la meilleure vie possible, la protégeant, après la mort de sa mère, pendant la période critique de l'adolescence. Il avait été un père formidable. La moindre des choses, c'était qu'elle accepte de dîner avec cet avocat, aussi odieux soit-il. D'autant qu'il ne s'agissait que d'une soirée…

Elle sortit de la pièce sur la pointe des pieds. Où Steve Rockwell allait-il l'emmener dîner ? Cela faisait des lustres qu'elle n'avait pas dîné en ville, en tout cas pas depuis son dernier rendez-vous, il y avait déjà six mois. Ces derniers temps, elle n'avait pas eu beaucoup le loisir de sortir, toute son énergie étant concentrée sur le sauvetage de l'entreprise familiale. En plus, les garçons du coin n'étaient pas vraiment son type…

Elle en était là de ses réflexions lorsqu'on frappa à la porte. En toute hâte, elle observa son reflet dans le miroir une dernière fois, et regretta de ne pas s'être plus maquillée. Elle n'aimait pas beaucoup ça, en général, mais, ce soir, elle aurait dû faire un effort ; elle paraissait beaucoup trop jeune et inexpérimentée, au naturel. Et il fallait qu'elle ait l'air d'une femme sûre d'elle.

De toute façon, il était trop tard. Haussant les épaules, elle se fendit d'un sourire accueillant et ouvrit la porte.

— Bonsoir.

Elle ne savait pas quoi dire d'autre à l'avocat, surtout après lui avoir dit d'aller se faire voir la veille. En vérité, elle se sentait un peu bête. Et, pour l'accroissement de son trouble, il était tout bonnement sublime dans sa chemise blanche déboutonnée au col. Décontracté *et* élégant. Tout cela combiné à son regard irrésistible composait un cocktail beaucoup trop dangereux à son goût.

— Vous êtes prête ? s'enquit-il en la détaillant des pieds à la tête, lui donnant soudain envie de lui claquer la porte au nez.

— Oui.

Quel sens aigu de la repartie ! Avec une conversation aussi passionnante, il allait être impressionné, c'est sûr !

Désespérant de trouver quelque chose d'intelligent à dire, elle le suivit à travers le parc d'attractions. Des gens faisaient la queue à l'entrée — malheureusement ça ne suffirait qu'à payer les frais pour le spectacle équestre. Un clou de plus dans le cercueil…

— J'ai loué une voiture pour quelques jours. Elle est garée par là.

Elle le regarda se diriger vers une décapotable, admirant ses longues jambes et tous les atouts que laissait deviner son pantalon noir.

Il lui tint la portière et elle prit place sur le siège du passager. Combien d'autres femmes avait-il épatées, avec sa galanterie ? Etrangement, une telle interrogation n'améliora pas l'humeur d'Amber. Bah ! il n'était question que d'un dîner d'affaires, et ce qu'il faisait le reste du temps ne lui faisait ni chaud ni froid.

— C'est exactement comme je l'avais imaginé, dit-elle en s'installant dans le confortable siège en cuir.

— Comment ça ? fit-il en démarrant, les yeux rivés à la route.

Elle se sentait infiniment soulagée de ne plus sentir son regard sur elle. Elle n'avait pas aimé la façon dont il l'avait dévisagée quand elle s'était assise dans la voiture. Probablement se demandait-il où elle avait bien pu dégoter une robe pareille et surtout pourquoi elle la portait pour un rendez-vous important !

— La voiture. Elle correspond parfaitement au personnage.

— Vous me jugez ?

— Et si c'était le cas ?

Quelle mouche la piquait ? Elle était censée sauver l'entreprise de son père, pas tout faire pour que Steve la descende en flammes !

— Vous êtes plutôt agressive pour quelqu'un qui n'est pas en position de force. Je suis censé être le méchant de l'histoire, vous vous rappelez ? Il n'est pas dans votre intérêt de m'énerver.

Elle repoussa ses cheveux en arrière. Elle aurait dû les coiffer en chignon… Elle ne ressemblerait plus à grand-chose après avoir roulé jusqu'au restaurant en décapotable. Elle qui voulait paraître professionnelle, c'était encore raté !

Mais, plutôt que de faire profil bas, elle ne put s'empêcher de le provoquer.

— Je ne me suis jamais écrasée devant personne, ce n'est pas maintenant que je vais commencer, peu importe qui vous êtes et ce que vous représentez.

— Peine perdue, vous ne me ferez pas sortir de mes gonds, répliqua-t-il calmement en mettant en route le lecteur CD.

Dans son geste, ses doigts frôlèrent sa jambe nue et elle ne put retenir un léger tressaillement, troublée malgré elle — et aussi frustrée que la caresse n'aille pas plus loin. Que lui arrivait-il ? Jamais elle n'avait réagi de cette façon, surtout pas devant un homme aussi imbu de sa personne.

Une douce musique d'ambiance emplit l'habitacle, contrastant avec son humeur bouillonnante. Comment se faisait-il qu'un avocat coincé écoute une telle musique ? Et pourquoi l'agaçait-il autant ? Il n'avait qu'à ouvrir la bouche et, aussitôt, elle brûlait de lui sauter à la gorge, de lui arracher les yeux…

En l'occurrence, elle appréciait cette mélodie apaisante. Elle avait l'habitude d'écouter ce genre de musique lorsqu'elle méditait et elle se sentit aussitôt plus calme.

— Mmm, c'est divin.

— Vous aimez ? s'étonna-t-il.

— Bien sûr. Ça m'aide à me recentrer.

— Ce qui veut dire ?

— Vous ne pourrez jamais comprendre. Mais je dois avouer que vous m'étonnez. J'aurais plutôt cru que vous étiez du genre à aimer la musique classique, Bach, Mozart… Enfin, vous voyez, des trucs ennuyeux.

— Encore en train de me juger, hein ? dit-il d'un air amusé. Le CD était fourni avec la voiture. Oh, et au cas où ça vous intéresserait, je préfère la musique pop.

Bizarrement, elle avait du mal à l'imaginer en train de se trémousser sur un rythme endiablé ; cette seule pensée la faisait sourire.

— Ça ne m'intéresse pas. Je veux seulement dîner avec vous pour essayer de trouver une solution afin de sauver le parc d'attractions.

— En parlant de dîner, laissez-moi deviner… Vous êtes végétarienne.

— Et qu'y a-t-il de mal à ça ?

— Rien du tout. J'aurais simplement dû vous poser la question avant de réserver. Désolé.

Loin de s'excuser, il parlait comme qui a l'habitude de faire selon ses plans et s'attend à ce que tout le monde s'adapte.

— Serait-ce une excuse ? Je dois entendre des voix.

— Ah, ah, ah, vous êtes une véritable comédienne. Avez-vous d'autres talents cachés à votre actif ?

— Attendez et vous verrez bien.

Elle détourna alors la tête, juste à temps pour apercevoir à travers sa vitre le parc d'attractions géant qui acculait son père à la ruine. Elle avait toujours aimé les montagnes russes, pourtant elle détestait la façon dont Water World, leur concurrent, avait dénaturé le paysage à coups de monstrueuses constructions en plastique, au lieu d'essayer de rester en harmonie avec l'environnement. Et, à présent, ils voulaient s'étendre, saccager encore un peu plus le bush — et l'entreprise de son père par la même occasion.

Elle coula un regard à l'homme qui avait le pouvoir de tout déclencher. Même si ça ne l'enchantait pas, peut-être faudrait-il qu'elle se montre moins hostile à son égard ?

— Je vous rassure, je ne suis pas végétarienne, avoua-t-elle un peu à contrecœur. Bon, et maintenant, si on discutait sérieusement ?

— Je ne parle pas affaires l'estomac vide, dit-il en s'arrêtant devant un restaurant avant de confier les clés au voiturier.

Amber descendit en silence de la voiture, peu emballée à la perspective de devoir parler de tout et de rien. Tout ce qu'elle voulait, c'était en finir avec toute cette histoire aussi vite que possible, sans compliquer encore plus les choses !

Et c'était ce qui risquait de se passer si elle s'attardait en sa compagnie. Jamais elle n'avait rencontré un homme comme lui, et sa capacité à lui tenir tête l'intriguait. D'ordinaire, ses manières directes effrayaient les hommes ; apparemment, ça ne lui faisait ni chaud ni froid. Il semblait au contraire goûter leurs prises de bec, et cela la gênait.

— J'espère que vous aimez les fruits de mer.

— J'adore ça, répondit-elle, en essayant de ne pas paraître trop impressionnée devant les immenses chandeliers en cristal et la décoration riche et dorée de la salle.

— Faites attention, on jurerait que vous commencez à apprécier la soirée.

Cette petite pique ne fit rien pour la mettre à l'aise, tandis qu'elle comparait les tenues sophistiquées des femmes de l'endroit à sa vieille robe passée de mode. Elle jurait furieusement dans cet établissement ! Et elle ne rêvait déjà qu'à s'enfuir…

— Qu'est-ce qui ne va pas ? fit-il en posant sa main sur son bras, geste qu'elle jugea, non sans s'en étonner, réconfortant.

— Je ne cadre pas avec le décor, marmonna-t-elle en jetant un regard éloquent sur sa robe.

— Mais non, vous êtes magnifique, rétorqua-t-il en lui soulevant le menton, plongeant son regard dans le sien.

Aussitôt, son cœur s'affola. Elle avait beau savoir qu'elle n'en avait pas du tout l'apparence, pourtant, à ce moment précis, elle eut l'impression d'être une princesse…

Quand Steve se mit à lui caresser légèrement la lèvre inférieure, un frisson de désir la traversa.

— En fait, vous êtes la plus belle femme de cette salle. Bon, si on passait à table ?

Ils suivirent le maître d'hôtel vers une table pour deux, habilement isolée des autres par des palmiers miniatures. Elle leur offrait une vue imprenable sur l'océan, et les lumières de la rue leur donnaient l'impression d'être suspendus dans les airs.

Tout cela ajouté au compliment qu'il venait de lui faire, empêchait Amber de se concentrer sur le menu.

— Quelque chose vous tente ?

— Je vais prendre les gambas, s'il vous plaît, repartit-elle, se retenant à temps de dire que la seule chose qui lui faisait envie en ce moment, c'était lui.

— Excellent choix. Que diriez-vous d'un peu de champagne pour fêter ça ? dit-il en lui tendant une flûte.

— Pour fêter quoi ? s'étonna-t-elle.

— Le début d'une relation durable et prospère.

— Pour qui ?

— Pour nous deux.

A ces mots, elle faillit s'étouffer avec les bulles de son champagne. Elle ne voyait pas en quoi leur faire déposer le bilan allait lui être bénéfique, mais elle sentait qu'elle n'allait pas tarder à le savoir.

— Vous m'avez dit que vous aviez des idées pour sauver votre entreprise ? reprit-il en se renfonçant dans son siège.

— En effet. C'est simple : pour commencer, nous avons besoin de plus de capitaux afin de rembourser toutes nos dettes, expliqua-t-elle, refusant de céder à l'espoir qui l'envahissait peu à peu devant son air intéressé. Une fois que ce sera fait, j'ai quelques idées de marketing pour améliorer nos profits. La plupart de nos clients sont des fidèles, et je pense que, avec les touristes, nous pourrions facilement augmenter notre chiffre.

— Comment en êtes-vous si sûre ?

— J'ai fait des études de marketing, dit-elle sans se laisser démonter par son air scrutateur. Eh oui, vous voyez, j'ai plus d'un tour dans mon sac. Mais, pour l'instant, je ne peux rien faire tant qu'on n'aura pas remboursé nos dettes.

— Vous avez un diplôme de commerce ? s'écria-t-il, bouche bée, les yeux ronds de surprise.

— J'ai même reçu les félicitations du jury. Vous croyiez que je n'étais qu'une petite provinciale sans instruction ?

— C'est juste que vous ne ressemblez pas aux personnes qui possèdent ce type de diplôme, dit-il, embarrassé.

— C'est-à-dire ? se rebiffa-t-elle, vexée d'être cataloguée. Que ce genre d'études est réservé aux gens snobs, coincés et prétentieux, comme vous ?

— Je suis fier de ce que je suis. Au moins je n'ai aucun complexe vis-à-vis de l'argent…

Rien ne la mettait plus en colère que les gens qui se permettaient de juger sans rien savoir ! C'était facile pour lui de dire ça, il n'avait certainement jamais eu aucun problème, de ce côté-là !

— Vous ne savez pas ce que c'est que de réussir quand on n'a pas un sou au départ. Tout le monde n'a pas la chance d'avoir papa et maman derrière soi pour mettre la main au portefeuille. Laissez-moi deviner : vous êtes allé dans des écoles privées, dans les meilleures universités, vos parents avaient une maison de vacances au bord de l'océan, vous jouiez au golf avec papa et sortiez avez les petites princesses que vous avait choisies votre maman. Je me trompe ?

Sa tirade n'eut pas l'effet escompté. Au lieu de s'emporter, il but tranquillement une gorgée de champagne, comme si de rien n'était.

— Comme je vous l'ai déjà dit, vos dons de voyance m'impressionnent beaucoup. Cependant, vous avez oublié de mentionner le yacht.

Son calme olympien l'agaçait suprêmement !

Mais sa colère retomba aussi vite qu'elle était montée. Le remords la tenaillait. Elle n'aurait pas dû aller aussi loin. Elle était là pour tenter de sauver l'entreprise familiale, pas pour tout ficher en l'air.

— Ecoutez, vous ne savez strictement rien sur moi. Je déteste qu'on me colle une étiquette, c'est tout, reprit-elle d'un ton plus calme.

— Dans ce cas, parlez-moi de vous, dit-il en se penchant vers elle. Qui est Amber Lawrence ?

— Je suis ce qu'on appelle un esprit libre. J'adore la cuisine népalaise et me promener dans le bush. J'aime les bijoux mexicains, bien que je n'en porte aucun. Et, vous avez dû le remarquer, mes goûts en matière vestimentaire ne sont pas vraiment communs. Voilà, vous êtes satisfait ?

— Pas du tout. Ça ne fait qu'attiser un peu plus ma curiosité, dit-il en lui lançant un regard de braise, saturé de sous-entendus.

Amber vit arriver leurs plats avec un vif soulagement. Cet homme avait le pouvoir de la mettre dans tous ses états ! Il avait intérêt à jouer cartes sur table illico presto, elle n'en pouvait plus de son petit manège.

— C'était fantastique, dit-elle enfin en se tapotant l'estomac, ayant fait un sort à ses dernières gambas.

Le regard de Steve se porta instantanément sur la région concernée, comme attiré par un aimant, ce qui suscita en elle un immense trouble.

— Vous laisserez-vous tenter par un dessert ? proposa-t-il d'une voix rauque.

Ça dépend de quel dessert il s'agit…

Face à son air amusé, elle eut pendant une seconde l'horrible sentiment d'avoir exprimé ses pensées à voix haute. Oh mon Dieu, pourvu que cette soirée ne s'éternise pas, elle n'en pouvait plus !

— Non merci.

— Vous êtes du genre sucré, vous, non ?

— A votre avis ?

— Je vous comparerais volontiers à une tarte au citron. Délicieuse, avec une légère pointe d'acidité…

— Oui, eh bien ne vous faites pas d'illusions, vous n'êtes pas près d'y goûter. Merci pour ce dîner, enchaîna-t-elle. Maintenant, passons aux choses sérieuses. Je vous ai fait part de mes idées, dites-moi ce que vous en pensez.

Elle le prenait de court : il n'avait pas vraiment réfléchi à ses propositions, trop occupé à l'étudier, elle.

— Ne vous inquiétez pas, j'irai voir votre père à la première heure demain.

Et voilà ! Il la mettait à l'écart. Une femme n'avait pas sa place dans des affaires « d'hommes », sans doute…

C'était trop fort ! Elle se leva brusquement. Quelle idiote de s'être laissé aussi facilement berner par tout ce champagne, la cuisine exquise et leur conversation légère ! Il s'était bien fichu d'elle !

— Vous savez, j'ai aussi un cerveau. Si vous avez l'intention de faire affaire avec nous, faites-le-moi savoir. Je vous attends dehors.

Pas question de rater sa sortie : elle se retint donc de tirer sur sa jupe et se dirigea la tête haute jusqu'à l'entrée du restaurant.

Steve la regarda s'éloigner. Sa jupe verte voletait autour de ses jambes. Il avait du mal à croire qu'elle ait pu porter une robe aussi courte, surtout après le baiser qu'ils avaient échangé. Que croyait-elle, qu'il était de marbre ?

A la minute où il avait posé les yeux sur elle, ce soir, il avait eu le désir de l'embrasser. Le corps d'Amber était aussi voluptueux qu'il se l'était représenté. Dieu merci, elle s'était enfin décidée à abandonner les vêtements informes qu'elle portait cet après-midi…

Admets-le, Rockwell, elle t'a tapé dans l'œil.

Chassant cette pensée, il paya l'addition et s'en fut la rejoindre. Elle se promenait sur la plage ; le vent balayait ses cheveux et plaquait sa robe contre ses cuisses.

— A moins que vous ne vouliez vous faire arrêter pour atteinte à la pudeur, je vous suggère de monter dans la voiture, lui murmura-t-il à l'oreille.

— Ne me dites pas ce que je dois faire. Et arrêtez de loucher comme ça sur mon décolleté, grommela-t-elle en réfrénant sa colère.

— Je vous ai offensée ?

— Vous plaisantez ? dit-elle en le toisant comme s'il avait une maladie contagieuse. Vous débarquez dans notre vie pour nous faire mettre la clé sous la porte. Ensuite vous m'emmenez ici pour prétendument parler affaires et vous n'en faites rien. Et, j'oubliais, vous m'embrassez...

Elle détourna la tête.

— Je ne m'excuserai pas pour quelque chose que je ne regrette absolument pas, dit-il en se rapprochant au point de la toucher.

Elle leva les yeux vers lui. Malgré toute la passion qu'elle lui inspirait, Steve parvint à demeurer impassible. Cela dit, si elle continuait à le regarder ainsi, il ne jurerait plus de ses actes... Et, cette fois-ci, rien ne pourrait l'empêcher d'aller jusqu'au bout !

— Allons-y, lança-t-elle alors en marchant vers la voiture.

Elle ne prononça pas un mot durant tout le trajet de retour, regardant obstinément par la fenêtre. Steve l'observait à la dérobée. Pourquoi trouvait-il cette femme aussi attirante ? D'habitude, il préférait les brunes élancées, pas les petites blondes sauvageonnes à la langue acérée.

En tout cas, il n'en revenait pas qu'elle eût un diplôme de commerce. Il avait du mal à la concevoir en femme d'affaires impitoyable, même s'il était persuadé qu'elle saurait sans problème mener ses employés d'une main de fer. Quant à ses goûts, il aurait dû se douter qu'ils correspondaient à sa personnalité : anticonformistes, exotiques, fascinants.

Elle l'intriguait. Pendant combien de temps encore pourrait-il faire durer les pourparlers, avec son père ? Pourvu que, d'ici là, il ait le temps de faire plus intimement connaissance avec elle...

Une fois arrivés, il eut à peine le temps de couper le contact qu'elle avait déjà bondi hors de la voiture.

— Eh, attendez ! cria-t-il en la rattrapant.

— Bonne nuit. A demain.

Puis, elle porta son regard sur quelqu'un derrière lui et son expression changea du tout au tout.

— Vous fermez, Stan ?

Steven aurait tout donné pour avoir droit au même sourire qu'elle adressait en ce moment à un vieillard affublé d'un chapeau mangé par les mites.

— Bonsoir, mademoiselle. Oui, il est temps d'aller se coucher.

— Stan, je vous présente Steve Rockwell, dit-elle sous le regard insistant de ce dernier.

— Enchanté, dit Stan en lui tendant la main. Les petits amis de cette jeune demoiselle sont mes amis.

Steve réprima un sourire et serra la main du vieil homme sans oser regarder Amber.

— Oh, mais ce n'est pas mon petit ami, Stan. C'est juste, euh…

Elle se retint à temps de dire qui il était et il devina pourquoi. Si le parc était sur le point de fermer, elle ne voulait pas que les employés sachent qu'un avocat furetait dans les parages.

— Je suis un vieil ami… Vous savez, je ne suis jamais monté dans une grande roue, poursuivit Steve, poussant la situation à son avantage.

— Eh bien allez-y, cher monsieur, dit aussitôt Stan, au grand désespoir d'Amber. Il n'y a rien de mieux au monde que lorsqu'on se trouve tout là-haut, en serrant sa chérie dans ses bras, ajouta-t-il avec un clin d'œil en ouvrant la porte d'un des wagons.

36

— Venez, ma *chérie*, ça va être amusant.

— Oui, c'est sûr, ce sera certainement hilarant, dit la jeune femme en libérant sa main qu'il avait emprisonnée dans la sienne.

Il n'avait pas menti en disant qu'il n'était jamais monté dans ce genre de manège. S'il avait su que les sièges étaient aussi étroits, il y aurait certainement amené ses petites amies plus souvent !

Amber était serrée contre lui ; il sentait sa cuisse contre la sienne et son parfum l'enveloppait. C'était assurément la meilleure idée qu'il avait eue depuis longtemps.

— Pourquoi n'avez-vous pas détrompé Stan ?

— Quoi ? Et lui enlever toutes ses illusions ? Vous êtes sans cœur.

— Il n'a pas l'habitude de me voir avec des hommes ici, dit-elle en essayant de s'écarter, ce qui eut pour seul effet de faire tanguer le siège.

— Une fille comme vous doit avoir tous les hommes à ses pieds, dit-il en lui entourant les épaules de son bras, surpris qu'elle ne le repousse pas. Pourquoi ne les amenez-vous jamais ici ?

— Ce ne sont pas des relations assez sérieuses.

Une pointe de jalousie l'aiguillonna. Allons, c'était ridicule, il ne la connaissait que depuis vingt-quatre heures !

— Vous êtes déjà montée dans la grande roue avec l'un d'entre eux ?

Elle tourna la tête vers lui et son cœur s'emballa. Lui qui à l'accoutumée se contrôlait très bien en présence du sexe opposé, il était décontenancé.

— Non, c'est la première fois…

Ses paroles furent emportées par le vent tandis que la roue ralentissait puis s'arrêtait au sommet.

La vue devait être magnifique ; cependant, avec une femme comme elle à ses côtés, il n'avait pas vraiment envie d'admirer le paysage.

— Vous aimez les nouvelles expériences ? susurra-t-il en effleurant ses lèvres d'un baiser.

Elle laissa échapper un léger soupir quand ils se séparèrent… Mais il était loin d'en avoir terminé. Il titilla sa lèvre inférieure puis s'aventura plus hardiment. Loin de se dérober, elle intensifia son baiser, le laissant brûlant de désir. Mais que faisait-il ? Il ne devait pas ! C'était la fille de la partie adverse, tout ça n'amènerait rien de positif. Hélas, en l'entendant gémir ainsi contre sa bouche, il ne pouvait se résoudre à abandonner ses lèvres…

Il attira son visage plus près du sien, approfondissant son baiser avec une passion décuplée. Elle avait bel et bien un goût sucré, et il ne pouvait s'en rassasier. Jamais auparavant il n'avait ressenti une telle attraction physique, ni n'avait ainsi suivi ses pulsions…

Amber enfouit ses doigts dans ses cheveux et se cambra vers lui. Mon Dieu, elle s'offrait pratiquement à lui, et il n'avait absolument pas le courage d'arrêter de l'embrasser ! Du reste, il ne voyait pas bien ce qu'il aurait pu faire d'autre, perché à des dizaines de mètres du sol. A cet instant, il aurait tout donné pour avoir un lit.

Emporté dans son élan, il glissa une main caressante le long de sa cuisse, provoquant des frissons sur son passage. Il avait brûlé de le faire toute la soirée.

— Eh là ! s'exclama-t-elle en s'écartant comme sa main se faufilait toujours plus haut. Je crois que cette main vous appartient, reprit-elle en la repoussant et en tirant sur sa jupe. Il est temps de redescendre.

— J'ai bien cru que vous ne le proposeriez jamais, dit-il finalement en se détournant pour observer les lumières lointaines de la ville.

A ces mots, la jeune femme se raidit — mais ne répondit rien. La roue commença à se remettre en branle et ils redescendirent en silence.

Stan n'avait pas plus tôt relevé la barre de protection qu'elle s'élançait hors du wagon.

— Merci, Stan. C'était super, dit Steve en serrant la main du vieil homme.

— J'en suis sûr, monsieur Rockwell. A bientôt.

Ils échangèrent un sourire entendu avant que Steve ne rejoigne Amber.

Il avait toujours l'impression d'être à sa poursuite. Et c'était une première pour lui. En général, c'était plutôt les femmes qui lui couraient après ! Elles s'intéressaient toutes à son argent et à son statut. Et pourquoi diable s'attardait-il auprès d'elle en particulier ?

— Je vous vois demain ? s'enquit-il en la retenant par le bras.

— Pas si je peux l'éviter.

— Bon sang, c'était juste un baiser. Ne vous emportez donc pas tant.

— Qui a dit que je m'emportais ? fit-elle en se dégageant.

— Vous êtes aussi tendue qu'un ressort.

— Décidément, vous n'êtes pas doué pour deviner l'humeur des gens. Sur ce, bonne nuit.

Elle s'éloigna.

— Faites de beaux rêves ! lui lança-t-il.

Elle se trompait. D'habitude, il était plutôt doué pour comprendre les gens et leurs motivations…

Alors pourquoi n'y parvenait-il pas avec elle ?

Enfin ! Vivement demain. Il avait hâte de reprendre leurs petites joutes verbales…

Qu'on l'ignore avec autant d'application, il n'y était pas précisément préparé. Mais il aimait les défis et, à dire vrai, ça l'amusait beaucoup. Il allait tout mettre en œuvre pour la faire changer d'avis, et ce, dès le lendemain !

3.

En pénétrant dans sa chambre d'hôtel, Steve remarqua tout de suite la lumière rouge clignotante de son répondeur. Peut-être Amber avait-elle voulu, à sa manière, lui souhaiter bonne nuit ?

A son grand étonnement, il s'agissait d'un message de sa mère, lui demandant de la rappeler d'urgence, peu importe l'heure. Il composa donc son numéro, pas le moins du monde emballé à l'idée de devoir souffrir une de ces longues tirades dont sa mère avait le secret. Qu'avait-il fait, cette fois-ci ?

Elle décrocha à la première sonnerie.

— Mon chéri, où étais-tu ? J'ai essayé de te joindre toute la soirée.

— Je travaillais, mère. Vous savez, c'est ce qui me permet de gagner ma vie.

— Oh, ne commence pas, mon chéri, fit-elle dans un soupir de dédain. Tu sais très bien que tu n'as aucunement besoin de travailler. Je ne comprendrai jamais quel démon te pousse à vouloir t'échiner à gagner ta vie, quand tu possèdes un capital confortable.

Mesdames, messieurs, Georgia Rockwell, la reine de la litote ! Foin de « capital confortable », ils étaient scandaleusement riches. Elle n'avait jamais compris son désir de

41

s'en sortir par ses propres moyens, de passer des heures à se casser la tête sur des problèmes insolubles afin de se sentir utile à quelque chose, d'avoir le sens du devoir accompli.

Il ne tenta même pas de la rallier à sa cause, il avait déjà suffisamment perdu son temps à cela par le passé.

— Mère, que voulez-vous ?

— L'état de ta grand-mère s'aggrave de jour en jour. Je pensais simplement que tu aimerais être mis au courant.

Une immense tristesse s'empara de lui à la pensée de la vieille femme, rongée par un cancer au fond de son lit. Elle avait été la seule personne à lui témoigner de l'affection, lorsqu'il était enfant.

— C'est grave ?

— Les médecins ne lui donnent pas plus de quelques mois à vivre.

Soudain, la panique s'empara de lui. Il avait fait une promesse à Ethel St John, quand elle avait appris sa maladie. Elle lui avait avoué que la seule chose qui la maintenait en vie, c'était l'espoir de le voir un jour se marier et avoir un enfant, qui deviendrait son héritier. Car, s'il y avait bien une chose qu'ils partageaient, sa grand-mère et lui, c'était leur manque total de confiance envers sa mère, qui aurait tôt fait de dilapider toute leur fortune plutôt que de combler les vœux d'une mourante.

— Elle m'a tout raconté, Steven.

— A quel propos ? s'enquit-il d'un ton circonspect, persuadé que sa grand-mère ne se serait jamais confiée à sa mère.

— A propos de ta promesse. Alors, que comptes-tu faire ?

Il resta très prudent. Sa mère n'avait pas parlé d'argent, ce qu'il trouvait plutôt étrange de sa part. Si elle avait été réellement informée de cette clause du testament, elle n'aurait pas usé de ce ton doucereux qu'il avait toujours détesté.

— Que voulez-vous dire ?

— Cesse donc de répondre à mes questions par d'autres questions. Tu sais très bien de quoi il retourne. Ta grand-mère m'a dit que, si elle se battait encore, c'était parce qu'elle voulait te voir marié. Eh bien ?

Son ton incisif et coupant lui rappela instantanément les critiques incessantes auxquelles il avait eu droit tout au long de son enfance : « Steven, ne parle pas la bouche pleine. Ne cours pas à l'intérieur de la maison. Ne jure pas comme un charretier. Que je ne te revoie plus en train de jouer avec ce petit vaurien de voisin… » Un véritable enfer !

Il grimaça, préférant mettre ces souvenirs de côté. Fort heureusement, sa grand-mère n'avait pas tout révélé, sinon sa mère aurait été encore plus insupportable, si c'était toutefois possible.

— Tout est sous contrôle, mère. Pas la peine de s'inquiéter.

— Mais si, justement, je m'inquiète, mon chéri !

C'est ça. Elle était surtout inquiète de savoir qui avait la plus grosse Mercedes, le dernier sac à main de chez Gucci, ou encore le plus large portefeuille d'actions. Elle ne s'était jamais préoccupée de son fils, jamais.

— Ça n'est pas la peine. Embrassez grand-mère pour moi et dites-lui que j'irai bientôt la voir.

— Oh, Steven ! soupira-t-elle avec désapprobation.

— Au revoir, mère.

Il raccrocha sans attendre sa réponse. C'était fou, à quel point elle réussissait à l'énerver, à chaque fois…

En se déshabillant, il se remémora les derniers mois écoulés et sa dernière petite amie. Elle aurait été parfaite dans le rôle d'épouse… Car, pour lui, le mariage n'était qu'un contrat passé entre deux personnes raisonnables, profitable à chacune des parties. Il avait des critères plutôt exigeants, cependant, et il ne fallait pas oublier qu'il était question de procréer. Or, la plupart des femmes de son milieu préféraient repousser le plus longtemps possible une telle échéance.

Mais sa grand-mère était en train de mourir et il n'avait pas le droit de la décevoir.

Subitement, une idée lui traversa l'esprit. Il devait se marier très vite, et il fallait que cette union profite autant à lui qu'à sa partenaire. Et, si sa future épouse devait accepter les termes de leur accord, il ne fallait pas oublier l'aspect physique du contrat : elle devrait aussi l'attirer.

Par chance, il venait juste de rencontrer la candidate idéale !

Ne pouvant pas écouter aux portes, Amber n'avait d'autre choix que d'attendre patiemment la fin de la réunion entre son père et Steve pour en savoir davantage. Elle s'occupa du mieux qu'elle put, supervisant la nouvelle attraction, le bateau pirate, et plaisantant avec les machinistes. La plupart des employés du parc travaillaient là depuis des années et elle s'étonnait toujours de leur indéfectible loyauté, face aux offres plus qu'alléchantes des concurrents voisins.

Elle leur devait beaucoup. Si seulement elle pouvait faire quelque chose pour leur éviter le pire…

— Qu'est-il arrivé à votre costume de voyante ?

Elle sursauta, surprise d'entendre la voix de l'homme qui avait occupé ses pensées toute la nuit.

44

— Je faisais un remplacement, hier. Alors, comment s'est passée votre réunion ? demanda-t-elle, n'ayant ni le temps ni l'envie de tourner autour du pot.

— Ainsi, tout ce que vous m'avez dit hier n'était que du vent ? s'exclama-t-il avec un sourire charmeur qui la troubla malgré elle. Joli travail ! Moi qui croyais que vous aviez un don !

— Je n'ai pas le temps de blaguer. Dites-moi plutôt ce qui s'est passé.

— Etes-vous toujours aussi odieuse ou est-ce seulement avec moi ?

Si elle avait eut le goût du mélodrame, elle n'aurait pas hésité à lui faire ravaler son sourire en lui flanquant une bonne gifle. Mais elle préférait de loin utiliser les mots.

— C'est seulement avec vous. Maintenant, si vous arrêtiez de prendre cet air supérieur et répondiez enfin à mes questions ?

Il ne trouva rien de mieux à faire que de s'esclaffer, ce qui la mit dans une rage folle. Incroyable ! Il trouvait ça amusant ! Non mais, se fichait-il d'elle ?

— Je vous raconterai tout si vous acceptez de faire un tour avec moi.

— Vous plaisantez ?

— J'ai une proposition à vous faire, dit-il d'un ton tout à coup très sérieux. Et je suis sûr que ça va vous intéresser.

— J'en doute, répondit-elle, agacée.

— Ce que j'ai à vous dire pourrait bien vous permettre de sauver cet endroit de la faillite…, lança-t-il en s'éloignant, la laissant sans voix.

Elle n'avait jamais couru après un homme de toute sa vie. Mais elle ne pouvait pas rester indifférente, après une telle déclaration. Ravalant sa fierté, elle le rappela :

— D'accord, j'accepte. Mais il vaudrait mieux pour vous que ça en vaille la peine.

— Faites-moi confiance, assura-t-il avec un petit sourire suffisant.

Justement, c'était bien là le problème, elle n'avait pas du tout confiance en lui. Malheureusement, elle n'avait pas le choix. Elle ferait n'importe quoi pour sauver l'entreprise de son père, même si pour ça il lui fallait pactiser avec des gens comme Steve Rockwell.

Une demi-heure plus tard, elle tombait des nues. Comment pouvait-on dépenser autant d'argent en si peu de temps ? Tout d'abord, la voiture de location, puis le dîner, et maintenant ça ! Lorsqu'elle avait accepté de faire un tour avec lui, elle ne s'attendait pas à monter à bord d'un bateau loué spécialement pour l'occasion.

— C'est sympa.

Elle n'avait jamais navigué sur les canaux, bien qu'elle ait vécu toute sa vie dans le Queensland. Elle s'efforça de ne pas paraître trop impressionnée à la vue des incroyables villas qu'ils longèrent — toutes possédaient leur propre pont d'amarrage et un bateau. Certains avaient la belle vie !

— Faites attention à ce que vous dites, dit-il en lui tendant un verre de chardonnay. On pourrait presque croire que c'était un compliment…

— Je dis ce que je pense.

— Vous êtes toujours aussi sincère ?

Il s'installa à côté d'elle à la proue du navire, un peu trop près à son goût. Bon sang, dès qu'il se trouvait à moins d'un mètre, elle se sentait prête à exploser !

— Bien sûr. Je ne comprends pas les gens qui se cachent derrière des faux-semblants. C'est tellement plus simple de dire les choses telles qu'elles sont, vous ne croyez pas ?

Il hocha la tête et le soleil illumina ses cheveux châtains, qui bouclaient légèrement sur le col de son polo. Ils étaient un peu trop longs, ce qui ne manqua pas de la surprendre, de la part d'une personne apparemment si perfectionniste. Elle l'avait pris pour quelqu'un de conformiste, qui s'inclinait sous le poids des conventions. Peut-être n'était-il pas si rigide, après tout…

Pourtant, à en juger par sa tenue B. C. B. G., elle en doutait.

— Je suis d'accord, mais parfois la vérité peut faire mal, dit-il en évitant son regard, l'air soudain très triste.

— Pas si vous ne vous laissez pas faire.

— Ce n'est pas si facile d'y échapper lorsque ça vous poursuit jour après jour.

Elle ne comprenait pas du tout de quoi il voulait parler. Peut-être était-il plus prudent de se taire. S'il avait besoin de se confier, autant ne pas intervenir.

— Avez-vous déjà eu l'impression d'étouffer au point de vouloir tout abandonner ?

— Pas vraiment. Ma vie a plutôt été agréable. Mes parents m'ont laissée prendre mes propres décisions très tôt. Je ne me suis jamais sentie lésée, sauf à la mort de ma mère, mais ça n'a rien à voir. Oui, peut-être que, à ce moment-là, j'ai eu l'impression d'étouffer…

— Comment est-elle morte ?

Elle soupira, étonnée de ressentir une peine toujours aussi vive après toutes ces années. Sa mère avait été la générosité même ; en bonne hippie qui se respecte, elle lui avait enseigné les vertus de la paix et de l'amour. C'était elle qui avait choisi son prénom, en hommage à sa pierre favorite.

— D'un cancer. Ce fut une longue bataille.

— Ma grand-mère souffre aussi d'un cancer. Elle va bientôt mourir, ajouta-t-il à mi-voix.

— Je suis désolée.

Elle lui prit la main, sachant d'expérience que les mots ne suffisaient pas dans de telles circonstances. Elle croyait aux pouvoirs apaisants du toucher, comme l'enseigne la philosophie du Reiki. Mais elle ne se serait pas risquée à lui en parler, de peur qu'il ne la prenne pour une illuminée.

— C'est une maladie affreuse, dit-il sans dégager sa main. Je me sens si impuissant. Je ne peux absolument rien faire.

— Vous devez beaucoup aimer votre grand-mère.

Il sourit.

— C'est la meilleure. Quand j'étais enfant... c'est la seule personne qui ait apporté un semblant de normalité à ma vie. Mon père était trop occupé à gagner de l'argent, et ma mère à le dépenser. Grand-mère m'a accepté comme j'étais, pas comme celui qu'elle aurait voulu que je sois. Elle m'a encouragé à devenir avocat et à suivre la direction que j'avais choisie ; elle comprenait mon besoin de faire mes preuves.

— Ça a l'air d'être une femme remarquable.

Amber se sentit prise de remords de l'avoir si mal jugé la veille. Elle l'avait ni plus ni moins accusé d'être un fils à papa, alors que c'était ce qu'il semblait fuir depuis toujours. Il fallait qu'elle s'excuse, d'une manière ou d'une autre.

— J'ai l'impression que vous lui ressemblez beaucoup.

— Serait-ce un autre compliment ? Faites attention, vous pourriez battre un record !

— Qui sait, dit-elle, contente d'avoir réussi à alléger l'atmosphère, je pourrais bien finir par apprécier votre compagnie.

— Oh, mais je l'espère bien…

— Alors, quel est donc ce plan pour sauver notre parc d'attractions ? dit-elle en se détournant, préférant changer de sujet.

Elle retint sa respiration lorsqu'il vint se placer juste derrière elle et l'emprisonna de ses bras. Son corps diffusait une telle chaleur !

— Avez-vous quelqu'un dans votre vie ? murmura-t-il, son souffle chaud lui caressant l'oreille.

Pour qui la prenait-il ? Elle n'aurait pas répondu aussi passionnément à ses baisers si elle sortait avec quelqu'un ! Sa réponse négative l'incita à se rapprocher encore, la plaquant contre le bastingage.

— Aimeriez-vous qu'il y ait quelqu'un ?

— Ça dépend de qui.

Que n'aurait-elle pas donné pour se retourner et voir l'expression dans ses yeux ! Etait-il sérieux ou bien s'amusait-il de son inexpérience ? Non que ça ait la moindre importance ! Elle ne songeait même pas à s'engager de quelque manière que ce soit avec lui. Ils vivaient dans des mondes trop différents, sans compter le fait qu'il était là pour mettre son père en faillite…

— Que diriez-vous si je vous offrais tout ce que vous désirez ? demanda-t-il en lui caressant la main.

— L'argent ne représente rien pour moi.

— Qui parle d'argent ? dit-il en lui effleurant le cou d'un baiser.

— Vous faites beaucoup de mystères, je n'aime pas ça.

Il ne répondit rien, et déposa de légers baisers le long de son cou, la laissant pantelante. *Oh mon Dieu… Arrête… Non, continue…* Elle ne savait plus trop où elle en était. Tandis que son bon sens lui recommandait de s'enfuir à toutes jambes, ses hormones l'enjoignaient à savourer le moment présent…

Le temps s'arrêta lorsqu'il la serra contre lui. Le corps brûlant de désir, elle voulait sentir sa peau contre la sienne, qu'il mette fin à cette délicieuse torture.

Ils restèrent ainsi pendant ce qui lui sembla être une éternité, mains et corps entremêlés. Patient, il ne cherchait pas à la brusquer. Pourquoi ne profiterait-elle pas de cet instant magique ? Elle n'avait jamais rien fait d'aussi romantique de toute sa vie — voguer sur un yacht en compagnie d'un apollon qui ne cachait pas son attirance pour elle. Après tout, elle ne faisait rien de mal !

Au bout d'un long moment, il s'écarta légèrement, la fit pivoter, puis plongea son regard dans le sien.

— J'ai une solution à tous vos problèmes.

— Je n'en doute pas.

Amber le fixait, se noyant dans ses yeux gris que le désir avait presque noircis. Elle respira profondément son parfum, qui se mêlait à l'air gorgé de sel. Elle le désirait tant que cela l'effrayait. Elle aurait voulu qu'il la caresse des heures et des heures, sans jamais s'arrêter…

Comme elle s'apprêtait à l'enlacer, sa raison reprit le dessus. Que faisait-elle ? Se jeter au cou d'un homme en plein jour, au vu et au su de tout le monde !

Elle s'écarta, malgré les protestations silencieuses de son corps. Pour l'heure, elle se sentait beaucoup trop vulnérable pour se permettre de prendre le moindre risque.

— Que disiez-vous ? reprit-elle avec une nonchalance feinte.

— Je ne me rappelle pas, repartit-il, les yeux lourds de passion contenue. J'ai dû perdre le fil.

— Votre solution à mes problèmes ?

Il se passa la main dans les cheveux, laissant apparaître sous son fin T-shirt des abdos impressionnants. Pour un avocat qui passait probablement toutes ses journées derrière un bureau, il avait un corps d'athlète… Ses doigts la démangeaient de caresser sa peau bronzée et musclée.

— Ah oui, ça me revient, lâcha-t-il, non sans espièglerie. C'est très simple. Epousez-moi.

4.

Malgré le soleil de plomb, Amber frissonna.

— Qu'avez-vous dit ?

— Vous avez très bien entendu. Epousez-moi.

— Vous m'avez amenée jusqu'ici pour me dire ça ? Je croyais que vous comptiez apporter une solution sérieuse à nos problèmes.

— Mais je suis on ne peut plus sérieux.

— Vous êtes fou. C'est encore un de vos jeux pervers d'enfant gâté ? Promettre le mariage en échange d'une partie de jambes en l'air ? Parce que, s'il s'agit de ça, ne vous mettez pas en frais, je ne suis pas si vieux jeu.

Elle avait toutes les peines du monde à retenir sa colère. Jamais elle n'aurait cru que Steve était le genre d'homme à faire de fallacieuses promesses pour s'attirer les faveurs d'une femme. Bon sang, elle s'était littéralement offerte à lui sur un plateau ! Pourquoi parler mariage ?

— Ne prenez-vous pas les préceptes hippies un peu trop au pied de la lettre ? J'espère que vous n'êtes pas une adepte de l'amour libre ?

— Je ne suis adepte de rien du tout en ce qui vous concerne, marmonna-t-elle en rougissant.

— Tant mieux. Un moment, j'ai bien failli le croire, dit-il d'un ton nonchalant en s'adossant au bastingage.

— Ramenez-moi tout de suite.

Il haussa les épaules.

— Comme vous voudrez. Mais n'oubliez pas que vous venez de refuser une offre des plus intéressantes pour sauver l'entreprise de votre père.

Il était doué. Il savait appuyer là où cela faisait mal.

— Et je peux savoir en quoi le fait de me marier avec vous sauverait mon père de la faillite ?

— C'est simple. Le parc aurait assez de capitaux pour rester ouvert encore un petit bout de temps, énonça-t-il, une petite lueur de triomphe dans les yeux.

— Vous croyez vraiment qu'on peut m'acheter ? s'indigna-t-elle, humiliée.

Elle serra les poings si fort que ses ongles s'enfoncèrent dans les paumes de ses mains. Elle s'en moquait. Au contraire, la douleur était presque un soulagement. Comment avait-elle pu être assez stupide pour s'enticher aussi vite de cet homme ? Il lui avait suffi d'un dîner, d'un tour en bateau et de quelques baisers — et l'affaire était dans le sac. Elle était vraiment pathétique !

— Je ne vous achète pas. Voyez plutôt cette offre comme une fusion entre deux parties intéressées.

La mine sombre, il n'avait pas l'air particulièrement enchanté non plus par cette idée. Alors pourquoi l'avait-il proposée ?

— Vous avez perdu l'esprit ou quoi ? Pour qu'il y ait mariage, il faut de l'amour, du respect… l'envie de vieillir ensemble. Ça n'est pas une histoire de gros sous. Je ne vous épouserais pas, même si vous étiez le dernier homme sur terre !

D'accord, peut-être rêvait-elle un peu trop à un prince charmant qui n'existait pas. Néanmoins, si elle devait un jour se marier, ce serait pour la vie, et par amour.

— Même si ça signifie sauver le rêve de votre père ?

Il avait le don de remuer le couteau dans la plaie ! Elle prit le temps de réfléchir. Pouvait-elle sérieusement considérer sa proposition et s'acquitter ainsi de sa dette envers son père, qui avait tant fait pour elle ?

Un sentiment de culpabilité s'immisça lentement en elle ; si elle n'était pas allée à l'université, peut-être le parc ne serait-il pas dans une si mauvaise passe aujourd'hui. Or, au lieu d'aider son père, elle avait préféré poursuivre ses études, dans l'espoir d'ouvrir un jour sa propre boutique. Elle n'avait pensé qu'à elle… Ne devait-elle pas inverser la tendance ?

— Et que vous rapporterait ce mariage ? Ou peut-être ne faites-vous ça que par pure bonté d'âme ? Vous savez : le preux chevalier qui prend pitié de la pauvre orpheline, fit-elle, écœurée par sa propre faiblesse.

Car elle était bel et bien en train de considérer sa proposition.

— Je vous aime bien, déclara-t-il comme si la réponse paraissait évidente. Je pense qu'on formerait une bonne équipe. Moi, j'ai besoin d'une femme, et vous, vous voulez sauver le parc. Ça me semble sensé.

Vu sous cet angle, tout paraissait tellement logique et normal… En réalité, il divaguait complètement.

— Je récapitule : vous avez besoin d'une femme et vous pensez que je suis la candidate idéale ? s'esclaffa-t-elle, à la limite de l'hystérie. Je vous comprends. Nous avons tant de points communs ! Vous aimez les bolides, moi les promenades à la campagne. Vous aimez naviguer sur un yacht, je préfère me baigner dans l'océan. Votre travail consiste à gagner un maximum d'argent, le mien à divertir les gens. Vous avez raison, on est vraiment faits l'un pour l'autre !

— Que dites-vous de notre attirance mutuelle ? lâcha-t-il d'une voix rauque et sensuelle, ignorant ses sarcasmes.

— Je ne vois pas de quoi vous voulez parler.

Consciente de l'énormité de son mensonge, elle ne put soutenir son regard. Son corps ne mentait pas, lui ; Steve n'avait eu aucun mal à déchiffrer les messages qu'il lui envoyait. Et, malheureusement pour elle, il ne se gênait pas pour utiliser cette arme contre elle.

— Et vous qui disiez que le plus important était de toujours dire la vérité…, dit-il en la forçant à relever la tête.

— C'est vrai, admit-elle. J'avoue que le courant passe bien entre nous. Mais ça ne signifie pas grand-chose !

— Vous avez tort. Le désir mutuel est une base solide pour un mariage. La plupart des couples que je connais ont commencé avec moins que ça.

— Peut-être, mais je ne suis pas d'accord. Vous n'avez jamais entendu parler de ce sentiment curieux qu'on appelle l'amour ?

La remarque ne provoqua chez lui qu'un vague sourire. Qui avait bien pu le rendre aussi cynique ? Une femme lui avait-elle brisé le cœur ? Encore eût-il fallu qu'il en ait un…

— C'est une notion complètement dépassée. Je trouve que le respect, l'amitié et une vie sexuelle épanouie sont de bien meilleurs atouts.

— Je ne peux pas, Steve. J'ai besoin de mon espace, de ma liberté. Ça fonctionnerait peut-être un temps, mais, au bout du compte, vous finiriez par me haïr. Nous sommes beaucoup trop différents.

— Amber, je vous aime beaucoup, dit-il en la fixant intensément de ses beaux yeux gris. Je ne vous connais pas depuis longtemps, mais j'admire votre façon de voir la vie. J'admire particulièrement votre loyauté envers votre père. Je suis sûr que cette union nous apporterait énormément à tous les deux.

Elle préféra ignorer les battements effrénés de son cœur, tandis qu'il lui caressait la joue avec une douceur surprenante. Que répondre, à part oui ?

Mais plutôt se damner que de fléchir si aisément !

— Laissez-moi y réfléchir, dit-elle alors qu'elle savait déjà ce qu'elle lui répondrait.

— C'est tout ce que je demande, dit-il en lui baisant chastement la joue, ce qui la laissa sur sa faim. Mais j'aimerais avoir votre réponse avant mon départ pour Sydney, dans un jour ou deux.

En l'espace de quelques heures, il avait complètement chamboulé son univers — et il s'attendait à ce qu'elle ait l'esprit clair ? Non, elle le ferait attendre.

— Très bien. On peut rentrer, maintenant ?

Elle était pressée d'échapper à la présence enivrante de cet homme.

— Pas de repos pour les braves, hein ?

— Pour votre information, j'ai un cours de massage.

— Décidément, c'est de mieux en mieux, s'exclama-t-il avec un sourire ravi, ne laissant aucun doute quant à la tournure de ses pensées.

— Ravalez votre sourire. Je n'ai pas besoin de m'entraîner, je suis tout à fait compétente, dit-elle, tout en rêvant au plaisir qu'elle éprouverait à masser son corps musclé.

— Je n'en doute pas. Encore une qualité inestimable pour une épouse…

56

Elle lui lança un regard assassin, qu'il ne vit pas : il s'était déjà détourné.

Elle ne dit rien pendant tout le voyage de retour, perdue dans ses pensées. Heureusement, Steve respecta son silence et se concentra sur le pilotage du yacht.

Elle pourrait s'habituer à une telle vie. Elle ne s'était jamais fait dorloter, tout bêtement parce qu'elle n'en avait jamais eu les moyens. Mais, aujourd'hui, elle était à bord d'un yacht, avec un homme qui la rendait folle de passion, et avec qui elle envisageait de se marier...

Il y avait pis dans la vie ! Surtout, elle pourrait enfin aider son père. C'était décidé, elle allait accepter l'offre de Steve — et advienne que pourra. Après tout, elle s'en était remise au destin toute sa vie et n'avait jamais eu à le regretter, jusqu'à présent. Elle se sentait bien avec lui et son intuition ne l'avait jamais trompée.

Toutefois, une chose la tracassait : les enfants. Elle les adorait et en voulait trois ou quatre, au moins ; or elle n'accepterait jamais d'avoir des enfants avec un homme qui ne l'aimait pas. Rien n'était plus important pour elle que de suivre l'exemple de ses parents, qui l'avaient élevée dans l'amour.

Mais ça n'arriverait jamais, à moins qu'elle soit assez stupide pour tomber amoureuse de son mari alors qu'il n'avait pas caché qu'il ne s'agissait que d'un arrangement, que d'un mariage de convenance.

Non, elle ne tomberait pas dans ce piège. Elle était peut-être prête à sacrifier une partie de sa vie, mais elle n'était pas masochiste. Elle retirerait ce qu'elle pourrait de cette union, ferait contre mauvaise fortune bon cœur et éviterait de parler d'enfants. S'il lui posait un jour la question, elle lui mentirait. Point à la ligne.

En tout cas, elle n'avait pas tout perdu, pensa-t-elle en lorgnant son futur mari du coin de l'œil ; elle avait dans l'idée qu'ils ne s'ennuieraient pas, tous les deux.

Sitôt débarqué de l'avion, Steve se rendit directement dans les bureaux de Byrne et Associés afin d'y présenter son projet. Ce qu'il avait à annoncer à son associé et à Jeff Byrne, le fondateur de la firme, ne pouvait attendre.

Il venait d'entrer dans l'immeuble lorsque Matt Byrne vint lui serrer la main :

— Salut, Rockwell. Comment ça c'est passé, sur la Gold Coast ?

— Pas mal, mais je n'en ai pas tout à fait terminé là-bas. A ce propos, j'aurais à te parler.

— Aujourd'hui, tu peux tout me dire, je le prendrai bien, dit Matt avec un grand sourire. Je viens juste d'apprendre à mon père qu'il va être grand-père.

— C'est super ! Félicitations ! Vous n'avez pas perdu de temps, Kara et toi !

— C'est une femme merveilleuse.

— Je sais.

Kara et Steve avaient rompu depuis longtemps déjà ; il ne jalousait pas du tout Matt. En fait, ça n'avait jamais vraiment collé entre eux. A l'époque, il n'avait pas été très attentionné à son égard, ce qu'elle lui rappelait parfois avec humour.

— Ecoute, je peux te parler ?

— Bien sûr, que se passe-t-il ?

Matt le fit entrer dans son bureau.

— J'ai un projet et j'aimerais bien que tu y prennes part.

— Vas-y, je suis tout ouïe.

— J'ai pensé qu'on pourrait s'étendre dans le nord du pays et ouvrir un bureau à Brisbane. Ce qui veut dire que je laisserais une place vacante ici…

Steve savait pertinemment que devenir associé était le plus grand souhait de Matt.

— C'est très intéressant, mais… je croyais que tu détestais le Queensland ? Où est l'embrouille ?

— Il n'y en a pas. J'ai simplement besoin de changer d'air. Et puis, finalement, le Queensland n'est pas si mal quand tu prends un peu la peine de t'y arrêter. Enfin, tu sais ce que c'est.

— Non, je ne sais pas, fit Matt, nullement dupe de son petit jeu. Que me caches-tu ?

— O.K., j'ai rencontré quelqu'un. Ne cherche pas à en sa…

— J'en étais sûr. Tu t'es finalement laissé prendre au piège. Elle doit être incroyable pour avoir réussi ce tour de force en seulement deux jours. Comment est-elle ?

Il n'en fallut pas plus à Steve pour que l'image d'Amber apparaisse devant ses yeux. Il n'avait jamais été aussi excité, même pas pendant son adolescence. Elle avait intérêt à dire oui, sinon il serait obligé de prendre des mesures extrêmes — comme la kidnapper et l'emmener sur une île déserte, par exemple.

— Elle est sensationnelle ! Maligne, intelligente, spirituelle, et elle a un caractère bien trempé.

Il y avait beaucoup plus à dire encore, mais il préférait garder le reste pour lui.

— Eh bien, ironisa Matt. On dirait que tu as trouvé l'âme sœur. J'ai hâte de rencontrer ce miracle. Même si elle ne me paraît pas si maligne, si elle a jeté son dévolu sur toi…

— Tu la verras bien assez tôt. Dans peu de temps, elle sera ma femme.

— Quoi ?!

— C'est une longue histoire. Je te raconterai tout une autre fois.

C'est-à-dire, jamais. Les Rockwell n'avaient pas pour habitude de parler de leur vie privée en public. Non, en bons hypocrites, ils enterraient leurs secrets de famille et faisaient bonne figure en toutes circonstances. Steve priait le ciel qu'il n'ait jamais à avouer la vérité à Amber… Elle ne le lui pardonnerait certainement pas. Se marier pour l'argent, soit. Mais faire un héritier pour protéger la fortune d'une mourante était inexcusable. Surtout quand on savait l'importance que la jeune femme accordait à l'amour.

Non, il ne lui dirait jamais. Il espérait seulement qu'elle finirait par l'aimer assez pour vouloir porter son enfant. Avant toute chose, il s'était bien évidemment assuré qu'il n'y avait aucun problème de ce côté-là — engageant un détective pour effectuer une enquête sur la famille Lawrence. Amber était une jeune femme de vingt-trois ans en pleine santé et parfaitement capable d'avoir des enfants.

Une étrange émotion le saisit en imaginant Amber enceinte de lui. Il serait un bon père ; il prendrait même des cours s'il le fallait, mais il apporterait à son enfant tout ce dont il avait manqué étant petit.

— J'espère que tu sais ce que tu fais, reprit Matt. Je ne tiens pas à jouer les rabat-joie, mais… ça ne te paraît pas un peu trop soudain ? Et au sujet de cet accord pour Water World ?

— Elle en vaut la peine, répliqua Steve, curieusement sûr de lui, alors qu'il avait passé toute la nuit à douter. Quant à

Water World, il faudra que quelqu'un d'autre s'en occupe. Il y a conflit d'intérêt, à présent.

— Bon, tu ne pourras pas dire que je ne t'aurai pas prévenu. Bonne chance, mon vieux. Ça arrive aux meilleurs d'entre nous.

— Merci, dit-il en lui serrant la main. Tu féliciteras Kara de ma part. N'oublie pas de m'inviter au baptême.

— Mais j'y compte bien. Je veux absolument rencontrer… quel est son nom, au fait ?

— Amber.

— Hum, joli prénom.

— Oui, et il n'y a pas que le prénom.

Rassuré sur son projet, Steve se rendit d'un pas confiant jusqu'au bureau de Jeff Byrne et frappa à la porte. Plus tôt il aurait réglé les affaires courantes ici, plus tôt il pourrait retourner sur la Gold Coast.

Quarante-huit heures à peine s'étaient écoulées depuis la dernière fois qu'elle avait vu Steven, mais ça lui semblait une éternité. Comment pouvait-elle être aussi obnubilée par un homme ?

Facile ! Elle l'avait dans la peau.

Même les cartes lui avaient confirmé qu'elle avait pris la bonne décision en décidant de l'épouser.

Elle devait être folle ! Elle aurait dû écouter ses amies de lycée et mettre son jeu de tarots à la poubelle, à l'époque… Quoi qu'il en soit, il fallait bien avouer que les cartes ne s'étaient jamais trompées. Tout ce qu'elle leur avait prédit s'était réalisé : des jumeaux pour Laura, un long séjour à l'étranger pour Michaela et un mari acteur de cinéma pour

Meg. Enfin, ils avaient sûrement divorcé depuis. Peut-être était-il temps qu'elle s'essaye à autre chose.

Elle en était là de ses réflexions quand quelqu'un frappa à sa porte.

— Entrez !

— Que fait ma fille préférée cachée dans cette caravane ?

— Salut, papa. Je méditais un peu. Tu viens me rejoindre ?

— Tu sais bien que je ne suis pas trop versé dans ce genre de choses.

— D'autant plus que tu n'en connais rien.

Elle plaisantait, mais la vérité, c'est qu'elle ne savait pas très bien comment annoncer à son père qu'elle allait bientôt se marier. Ce moment n'était pas moins approprié qu'un autre pour tout lui dire… De toute façon, il serait convaincu qu'elle était devenue cinglée.

Elle fit un peu de place à côté d'elle sur le canapé pour lui permettre de s'asseoir.

— Papa, j'ai quelque chose à te dire.

— Qu'y a-t-il, ma chérie ? Ça fait longtemps que je ne t'ai pas vue aussi sérieuse. C'est encore cet avocat qui t'ennuie ?

— Non, ce n'est pas ça… mais il est effectivement concerné.

Elle s'essuya les mains sur son short, espérant une intervention divine. Hélas, rien ne vint…

La seule façon d'annoncer la nouvelle, c'était d'aller droit au but.

— Papa, Steve m'a demandée en mariage avant-hier.

— Il a fait *quoi* ?

— Je comprends ton étonnement, mais… on a eu le coup de foudre. Je n'ai jamais ressenti ça pour un homme. Je suis sûre qu'on sera très heureux ensemble.

Sous le coup de l'émotion, on aurait dit que son père venait de vieillir de dix ans. Il restait assis là, secouant la tête, hébété.

Elle continua avant de perdre tout courage.

— Ça a été une décision rapide, mais c'est la meilleure chose à faire…

Son père s'ébroua, et posa sur elle un regard sévère.

— Ma chérie… tu fais une grave erreur. Je t'ai toujours laissée diriger ta vie comme tu l'entendais et je t'ai toujours soutenue, mais tu ne crois pas que, cette fois-ci, tu t'engages un peu trop à la légère ? Pour l'amour du ciel, tu connais à peine cet homme !

Sa réaction la bouleversa plus qu'elle ne s'y attendait.

Elle savait que ce serait difficile, mais, maintenant, elle ne pouvait plus faire machine arrière !

Si elle devait énormément à son père, elle ne pouvait pas lui révéler la vérité sur cette affaire.

— Maman et toi, vous ne vous connaissiez pas tant que ça lorsque vous vous êtes mariés.

— C'était différent, grommela-t-il, l'air soudain abattu.

— Je suis comme elle, papa. Maman m'a appris à aimer la vie et à profiter de chaque instant. J'ai toujours suivi ses conseils et, jusqu'à présent, je n'ai eu qu'à m'en féliciter. Je ne peux pas changer ma personnalité. Je veux me marier avec Steve Rockwell… je sens que c'est la bonne décision.

— T'avoir à mes côtés a été une bénédiction, dit-il en la prenant dans ses bras. Depuis que j'ai perdu ta mère, tu as été ma raison de vivre. Je t'ai toujours fait confiance et tu ne m'as jamais déçu. Tu es sûre que c'est vraiment ce que tu veux ?

— Oui, papa.

— Rassure-moi… ça n'a rien à voir avec le parc ?

Son père avait toujours été si perspicace ! Adolescente, à chaque fois qu'elle avait eu un rendez-vous, il l'avait su, et rien n'avait changé depuis. Il arrivait toujours à la percer à jour.

— Non, rien du tout. Evidemment, Steve m'a assuré que l'argent ne serait pas un problème une fois qu'on serait mariés et que j'en ferais ce que je voudrais…

— Vraiment ? s'étonna son père, les yeux remplis d'espoir.

— Ne t'inquiète pas, tout va bien se passer, papa, fit-elle, heureuse de le voir enfin apaisé. Tu verras.

Si seulement elle pouvait se sentir aussi rassurée qu'elle en avait l'air !

L'avion venait à peine d'atterrir à l'aéroport de Coolangatta que Steve s'emparait déjà de son attaché-case. Il n'avait pas une minute à perdre. Tous ses plans dépendaient de la réponse d'Amber. Il valait mieux que ce soit celle qu'il attendait, sinon il ne savait vraiment pas ce qu'il ferait.

Il ne prit pas la peine de louer une voiture, cette fois-ci. Si elle disait oui, il l'emmènerait en limousine jusqu'à son hôtel avant qu'elle n'ait une chance de changer d'avis. Ce petit scénario comportait plus d'un avantage : si elle était bien au chaud dans son lit, elle ne risquait pas de prendre ses jambes à son cou. De plus, il aurait tout le loisir d'assouvir le désir qui le torturait depuis qu'il l'avait rencontrée…

Il fallait qu'elle dise oui. Il le fallait absolument. Sa grand-mère n'avait plus beaucoup de temps et il voulait lui présenter son épouse le plus vite possible. En lui parlant, la nuit dernière, sa faiblesse l'avait bouleversé. Il lui avait promis de revenir la voir la semaine prochaine et il espérait de toute son âme qu'il ne serait pas seul.

Tandis que le parc d'attractions apparaissait à l'horizon, Steve fourragea dans son attaché-case. Il n'avait pas attendu d'avoir l'assentiment d'Amber pour faire établir les documents nécessaires à leur mariage. Pour une fois, il s'applaudissait d'appartenir à une famille aussi puissante. Parfois, avoir quelques relations pouvait aider.

Confiant, il referma sa mallette comme la limousine arrivait à destination.

— Attendez-moi, Sam. Je ne serai pas long, dit-il au chauffeur en se dirigeant d'un pas décidé vers la caravane d'Amber.

En apprenant où elle vivait, il avait eu un choc — mais il avait eu l'intelligence de ne rien laisser paraître. Tout le monde n'avait pas la chance d'être issu d'une famille riche à millions, quoique, à son avis, il s'agissait plus d'un fardeau que d'un avantage...

La décoration extérieure du véhicule — des dauphins nageant au milieu de l'océan — correspondait parfaitement à la femme spirituelle qui avait réussi à lui faire baisser sa garde.

Il frappa deux fois puis glissa un doigt dans le col de sa chemise, regrettant de ne pas s'être habillé de manière un peu plus décontractée. Son costume n'était pas le vêtement idéal sous ce climat humide, mais il préférait mourir de chaud plutôt que de s'habiller comme les gens d'ici, qui ne semblaient connaître que les shorts.

La porte s'ouvrit brusquement et tous ses a priori vestimentaires s'envolèrent. Amber se tenait sur le seuil, vêtue d'un simple short en jean délavé et d'un haut bariolé très court. Il avait vu juste. Elle portait bien un piercing, une petite pierre violette qui brillait au creux de son nombril. Evidemment, elle était pieds nus. De toute sa vie, jamais il n'avait vu une femme aussi désirable.

— Salut, maestro. Vous avez fait bon voyage ?

Il fourra les mains dans ses poches avant de faire quelque chose de stupide, comme la prendre dans ses bras et l'embrasser à perdre haleine.

— Très bien, merci. Je pense que vous avez quelque chose pour moi...

— Je ne suis pas sûre de bien comprendre, répondit-elle, visiblement confuse.

— J'attends votre réponse, Amber. Et vous avez intérêt à ne pas vous tromper.

Sa réaction ne fut pas exactement celle qu'il attendait : elle lui claqua violemment la porte au nez.

5.

Amber essaya de se calmer. Pourquoi avait-elle fait ça ? Un lourd coup à la porte, plus insistant cette fois, la rappela à la réalité.

Elle ouvrit, feignant la désinvolture.

— Oh, vous êtes toujours là.

— Qu'est-ce que ça veut dire, à la fin ?

Il avait l'air tellement furieux qu'elle prit peur. S'il faisait un seul pas dans sa direction, elle se barricaderait dans sa caravane.

— Je n'ai pas apprécié votre attitude, répondit-elle dans un haussement d'épaules.

— Je vous ai posé une simple question, Amber. Et vous me devez une réponse. Ni plus ni moins, fit-il d'un ton un peu trop calme.

— Et si je vous disais que j'ai encore besoin de réfléchir un peu ?

— Je répondrais que vous êtes folle. Je veux une réponse maintenant, dit-il en pénétrant d'autorité dans sa caravane.

— Eh bien, est-ce une façon de parler à sa future épouse ? se moqua-t-elle, les mains sur les hanches.

Quand Steve réalisa la portée de ce qu'elle venait de dire, il referma la porte derrière lui d'un coup de pied.

La jeune femme sentit toute son assurance l'abandonner en le voyant se rapprocher inexorablement.

— Vous êtes une maligne, marmonna-t-il en l'attirant à lui.

— Oui, un véritable petit génie.

Elle retint sa respiration tandis qu'il la saisissait par la taille, faisant trembler tout son corps de désir. Elle se sentait à la fois excitée et légèrement effrayée par la réaction de son propre corps face à son futur mari.

La maintenant fermement contre lui, il lui caressa la joue et planta son regard au fond du sien.

— Maintenant, taisez-vous et embrassez-moi.

Perchée sur la pointe des pieds, elle s'exécuta sans attendre. Combien il lui avait manqué, combien elle avait désiré sentir ses mains sur sa peau !

Jusque-là, elle avait toujours trouvé que faire l'amour n'était pas si extraordinaire, mais, à présent, elle avait un tout autre avis sur la question. Elle brûlait de partir à la découverte de son corps, et luttait de toutes ses forces pour se maîtriser. Ses mains paraissaient agir contre sa volonté, caressant son dos, explorant des territoires encore inconnus…

— Je suis affamé, murmura-t-il contre ses lèvres.

Qu'est-ce qui n'allait pas chez lui ? Il pensait à manger dans un moment pareil ? Vexée, elle le repoussa.

— J'ai envie de toi, précisa-t-il comme s'il avait lu dans ses pensées.

— Tu ne crois pas qu'on va un peu vite, là ? demanda-t-elle, pantelante, comme il la plaquait contre le mur.

— Tu ne vas pas jouer les rabat-joie maintenant, grogna-t-il en glissant ses mains sous son T-shirt.

Elle faillit défaillir de plaisir lorsqu'il agaça la pointe de ses seins. Impossible de réfléchir et encore moins de lui répondre de façon cohérente alors qu'il la torturait si délicieusement…

Pourtant, au bout d'un long moment, la musique distante d'un manège la ramena peu à peu à la réalité et elle réussit à se dégager. Rajustant son T-shirt, elle lui lança un regard plus ou moins furibond.

— Je pense qu'on a beaucoup de choses à se dire avant de passer directement à la lune de miel, non ?

— Il n'y a rien à discuter, dit-il en la regardant comme si elle venait d'une autre planète. Je me suis occupé de tous les détails.

— Que veux-tu dire ? demanda-t-elle, énervée par son air présomptueux.

Apparemment, il n'avait pas douté une seule seconde qu'elle puisse lui dire non !

— J'ai pris tous les arrangements nécessaires. Nous pouvons nous marier cette semaine. Je t'ai réservé une suite dans mon hôtel, allons-y.

— Ne me dis pas ce que je dois faire ! explosa-t-elle. J'ai peut-être accepté de t'épouser, mais ça ne veut pas dire pour autant que ça t'autorise à me donner des ordres ! Je reste ici jusqu'au mariage et ne partirai que quand je l'aurai décidé.

— Arrête ça tout de suite, sinon tu recevras la punition que tu mérites, dit-il avec un petit sourire en coin qui ne fit que renforcer sa colère.

— Quel genre de punition ?

— Une bonne fessée.

— Tu n'oserais pas ! souffla-t-elle en le voyant esquisser un pas dans sa direction.

Il lui caressa la joue.

— Ne me tente pas. Alors, quand veux-tu qu'on se marie ?

— Que dirais-tu de demain ?

— Et toi qui m'accusais de précipitation !

— C'est à cause de mon père. Plus tôt je pourrai l'aider, mieux ce sera.

Pas question de lui avouer l'autre raison qui la poussait à vouloir aller aussi vite, à savoir son désir pour lui.

— Très bien. Rendez-vous à 15 heures, dans le jardin de l'hôtel.

— Ça me convient. Et en ce qui concerne les formalités ?

Comment avait-elle pu oublier une chose aussi importante ? Mais, en voyant les muscles de Steve jouer sous sa chemise, elle comprit tout de suite ce qui l'avait détourné de ces considérations bassement matérielles. Il avait un corps à se damner. Et, le pire, c'est qu'il en était très certainement conscient.

— Je me suis chargé de tout. Tout ce que tu as à faire, c'est d'être là demain. Je m'occupe du reste.

Il paraissait si serein ! Elle, au contraire, avait toutes les peines du monde à se calmer. Mieux valait ne pas penser à la folie qu'elle était sur le point de commettre, en se mariant avec un quasi inconnu…

— Et après le mariage ?

Si elle parla d'une voix calme, en son for intérieur, elle était révoltée. Ils n'avaient jamais discuté de la suite des événements, comme de l'endroit où ils vivraient, ou si elle continuerait de travailler au parc.

— Nous habiterons à Brisbane. J'y ouvre un bureau. Avant toute chose, nous irons voir ma grand-mère, à Melbourne.

— Je pourrai continuer de travailler ?

Amber craignait qu'il ne veuille faire d'elle l'archétype de l'épouse modèle, participant à des galas de charité, jouant au tennis et déjeunant avec ses « amies ».

— Comme tu veux, repartit-il à son grand soulagement. Je suppose que tu voudras aider ton père à remettre son affaire sur les rails…

— Tu adores prendre les devants, avoue-le.

— Ça fait partie de mon travail. Je ne suis pas près de changer. Bien, je t'enverrai la limousine à 14 h 30. On se revoit à l'église.

— Je pensais que c'était de bon ton pour la mariée d'être un peu en retard le jour de son mariage… 14 h 30, ce n'est pas un peu tôt ? hasarda-t-elle, soudain effrayée par l'échéance toute proche.

— Je n'aime pas attendre, lâcha-t-il avant de sortir.

Lorsqu'il avait prononcé le mot « église », elle avait soudain pris toute la mesure de ce qu'elle était en train de faire. Cet homme serait son mari, pour le meilleur et pour le pire, dans la richesse comme dans la pauvreté. Ces vœux signifiaient quelque chose, ce n'était pas simplement une affaire de business ou de sexe. Que lui avait-il pris d'accepter ?

Mme Steve Rockwell. Ça sonnait faux à ses oreilles. Accepterait-il qu'elle conserve son nom de jeune fille ? Le connaissant, elle en doutait sérieusement.

Maman, j'espère que j'ai pris la bonne décision…

Elle parlait souvent à sa mère. C'était étrangement réconfortant. Mais, cette fois, cette dernière n'aurait peut-être pas forcément approuvé le choix un peu trop impulsif de sa fille…

L'esprit en ébullition, elle ouvrit son placard et décrocha une robe, enveloppée dans une housse en plastique. Lorsqu'elle l'avait essayée la veille, elle s'était sentie apaisée, comme si sa mère était là pour la soutenir, la prendre dans ses bras. Elle s'était tout de suite trouvée bien dans sa robe de mariée. Pourvu que cela lui porte chance !

Elle revit alors Steve sur le yacht, en train de la demander en mariage. Mon Dieu, savait-il qu'elle était déjà à moitié amoureuse de lui ?

Il valait mieux pour elle qu'il n'en soit rien. Sa vie était déjà bien assez compliquée ! Tomber amoureuse de Steve ? Elle ne pouvait pas se le permettre. Et cela n'arriverait pas.

A moins qu'il soit trop tard ?

Steve n'avait jamais cru aux contes de fées. Ni d'ailleurs à la petite souris, au Père Noël ou encore à une maman aimante qui lui aurait préparé un bon goûter à son retour de l'école.

Depuis le plus jeune âge, il avait acquis le sens des réalités. Pas la peine d'attendre de « happy end » ; ça n'existait pas, tout simplement. Et, plus encore que de perdre, il détestait être déçu… Mais aujourd'hui, en regardant Amber remonter l'allée au bras de son père, il était loin de l'être. Lorsqu'elle leva les yeux vers lui, un demi-sourire sur les lèvres, il sut qu'il avait fait le bon choix.

La cérémonie civile se déroula sans encombre, entrecoupée de serments et de promesses. Tout ce dont il put se souvenir par la suite, c'était à quoi ressemblait Amber dans sa robe de mariée de couleur crème, les cheveux relevés en un chignon lâche et piqué de fleurs. Ça et la sensation de chaleur qu'il éprouva, en prenant sa petite main dans la sienne.

Il s'occuperait bien d'elle, il en avait fait la promesse et il prenait ses vœux très au sérieux, comme tout ce qu'il entreprenait dans la vie. La femme qu'il venait d'épouser aujourd'hui avait besoin d'être protégée : malgré ses grands airs, elle était fragile.

En ce moment par exemple, alors qu'elle examinait la suite qu'il avait louée pour leur nuit de noces, elle semblait un peu effrayée et décontenancée. Elle laissait glisser sa main sur les meubles comme pour mieux s'ancrer dans la réalité. Il but son champagne en à peine trois gorgées, toujours aussi étonné de la violente attirance qu'il ressentait à chaque fois qu'il posait les yeux sur elle. Et, à présent qu'il était son mari, le moment était venu d'agir en tant que tel.

Il prit une flûte et se dirigea vers elle.

— Tiens, il faut célébrer l'événement.

— Merci, dit-elle en se retournant, l'air égaré.

Puis elle détourna le regard, mal à l'aise.

— Il ne faut pas avoir peur de moi, dit-il en lui prenant le bras.

— Je ne te connais pas au fond, murmura-t-elle sans se dégager, en frémissant.

— Que veux-tu savoir ?

— N'importe quoi… quelque chose.

Bon sang, à quoi pensait-il donc ? Il croyait pouvoir épouser cette femme et la tenir à distance ? Evidemment qu'elle avait envie d'en savoir plus à son sujet, de partager sa vie. Seulement était-il prêt à le faire, lui qui avait appris très tôt à ne pas montrer ses émotions ? Etait-il encore capable de changer ?

Dans l'espoir de la faire renoncer, il enserra ses épaules et entreprit un léger massage ; elle se laissa aller peu à peu.

— Nous avons tout le temps…

— Mmm, c'est tellement bon, dit-elle dans un souffle.

— T'ai-je dit à quel point tu es belle aujourd'hui ? fit-il, enivré par le parfum subtil des fleurs de jasmin piquées dans ses cheveux.

Elle ne portait aucun bijou, mis à part son anneau à l'orteil, clairement visible à travers ses fines sandales. Au début, il avait même cru qu'elle viendrait pieds nus, ce qui ne l'aurait pas étonné outre mesure, connaissant le personnage.

Oui, arriver pieds nus à son mariage aurait correspondu tout à fait à sa personnalité si peu conventionnelle. Il avait hâte d'assister à sa rencontre avec sa mère, conservatrice jusqu'au bout des ongles…

— C'était la robe de ma mère. Papa m'a dit que je lui ressemblais comme deux gouttes d'eau, aujourd'hui.

— Alors ta mère devait être une sacrée beauté…

— En parlant de mères, dit-elle en rouvrant les yeux, que crois-tu que ta famille va penser de moi ?

Il s'était posé exactement la même question, mais ça ne l'avait pas empêché de dormir. La seule opinion qui avait de l'importance pour lui était celle de sa grand-mère. Et il était sûr qu'Ethel St John accueillerait sa nouvelle petite-fille à bras ouverts. Ne serait-ce que parce que la vieille dame aimait plus que tout contrarier sa mère…

Il repoussa une mèche de cheveux du front d'Amber et répondit :

74

— Ne t'inquiète pas à ce sujet. Tu es mariée avec moi, pas avec ma famille.

— Mais je me pose quand même des questions. D'après le peu que tu m'as dit, j'ai l'impression que ta mère ne va pas vraiment m'apprécier.

Son insistance le toucha. Pour sûr, sa mère n'hésiterait pas à critiquer férocement son choix. Avec jubilation, même.

— Laisse-moi m'occuper d'elle. Oublions tout ça et concentrons-nous sur nous deux…

— Nous deux ?

— Oui, toi et moi. Notre nuit de noces.

— Ah oui, bien sûr. Laisse-moi juste une minute, dit-elle en se libérant avant d'aller s'enfermer dans la salle de bains.

Elle était en train de jouer avec ses nerfs.

Se sentant tout à coup engoncé dans son smoking, Steve enleva sa veste et desserra son nœud papillon. En vérité, il avait plutôt envie de se déshabiller entièrement et de sauter sur Amber dès qu'elle sortirait de la salle de bains… Au lieu de ça, il tamisa légèrement l'éclairage. Il ne voulait pas non plus avoir l'air trop impatient. Il ne fallait pas que sa femme se rende compte trop rapidement du pouvoir — immense — qu'elle exerçait sur lui !

Il fit volte-face en entendant le déclic de la serrure et retint une exclamation étouffée. Amber se tenait sur le pas de la porte, la lumière provenant de la salle de bains dévoilant en contre-jour les contours de son corps à travers le mince tissu de son déshabillé.

— Mon Dieu ! s'exclama-t-il, incrédule.

Cette créature de rêve ne pouvait pas être son épouse ?! Il n'avait jamais autant désiré une femme auparavant et celle-ci était à lui, rien qu'à lui…

— Tu aimes ? fit-elle en traversant gracieusement la pièce, le fin tissu ondoyant autour de ses cuisses.

— On peut dire ça, oui.

— Tu ne perds jamais le contrôle ? s'enquit-elle en s'arrêtant à quelques pas de lui et en commençant à défaire un à un les boutons de sa chemise.

— Rarement. En général, j'aime plutôt avoir le dessus.

Il n'arrivait pas à croire à sa chance, tandis qu'elle défaisait lentement sa ceinture. Les femmes qu'il avait connues jusque-là étaient plutôt du genre glacé et préféraient lui laisser l'initiative. Jamais aucune d'elles ne l'avait déshabillé, et c'était bien dommage car… il adorait ça ! C'était incroyable, mais elle semblait le désirer autant qu'il avait envie d'elle.

— Tu aimes avoir le dessus en toutes circonstances ?

— Non, parfois j'aime aussi me laisser dominer…

Il s'étendit sur le lit et l'attira sur lui.

— Ah, je préfère ça, dit-elle en le chevauchant et en caressant son torse. Une femme devrait toujours avoir le contrôle de la situation.

— Je n'ai jamais rencontré quelqu'un comme toi.

— C'est réciproque, mon cher mari, murmura-t-elle avant de l'embrasser, l'invitant à mener leur petit jeu sensuel au niveau supérieur.

Il n'avait jamais refusé de relever un défi ; et il la fit basculer sous lui, bien décidé à montrer à sa magnifique épouse qui était le chef.

Elle le regarda, éblouie. L'homme le plus sexy qu'il lui ait jamais été donné de rencontrer était désormais son mari ! Et, mieux encore, il était sur le point de lui faire l'amour passionnément…

— Tu ne vas pas changer d'avis ? chuchota-t-il au creux de son cou.

— Aucune chance.

— Quelle est cette chose qui te couvre à peine ? demanda-t-il en faisant glisser une bretelle sur son épaule et en couvrant sa peau de baisers.

— Un moyen très simple d'attiser le désir, répliqua-t-elle tandis qu'il lui ôtait le fin déshabillé d'un geste rapide et souple.

— Eh bien, ça marche, mon cœur, mais, personnellement, je préfère ce qui se trouve en dessous. Tu m'as imaginé en train de te l'enlever ? fit-il en lui caressant l'intérieur du genou, un de ses points sensibles.

— Oui, dit-elle en essayant de s'esquiver. Je voulais que tu aies envie de moi.

— Tu as réussi ton coup. Mais laisse-moi te montrer à quel point…

Et, joignant aussitôt le geste à la parole, il l'amena, à force de baisers et de caresses, au bord de l'extase.

— Inutile, dit-elle en le voyant attraper un préservatif. Je prends la pilule. Tu n'as pas de problème, côté santé ?

— Je ne te ferais jamais prendre aucun risque. Tu es ma femme.

— Dans ce cas, qu'attends-tu pour accomplir ton devoir conjugal ?

— Tout ce que tu veux, ma chérie.

Evidemment, cette passion ne signifiait rien, ce n'était que du désir, rien de plus… Malgré tout, c'était agréable. L'homme de ses rêves était en train de lui faire l'amour et elle voulait se souvenir de chaque détail de ce précieux moment.

Enfin, étourdie et rassasiée, elle s'étira sous lui pour détendre certains muscles de son corps rarement sollicités.

— Je croyais que ce genre de choses n'arrivait que dans les romans…

Il la prit dans ses bras.

— Avec nous, tout est possible.

Amber voulait le croire — désespérément.

6.

Amber avait toujours été d'un tempérament rêveur. Enfant, l'école l'ennuyait profondément, et elle avait commencé à élaborer toutes sortes de scénarios dans sa tête, s'inventant des histoires plus rocambolesques les unes que les autres. Et puis, plus tard, lorsque sa mère était morte, son imagination débordante lui avait permis de faire face. Dans l'une de ses histoires préférées, un riche et bel homme l'épousait et l'emmenait vivre dans un château pour l'aimer jusqu'à la fin de ses jours.

Lorsque Steve l'embrassa sur la joue et partit travailler ce matin-là, elle soupira. Ses beaux rêves étaient décidément bien loin !

Finalement, ses appréhensions avaient été justifiées ; il la traitait comme une princesse lorsqu'ils étaient au lit, mais, le reste du temps, il la tenait à distance de sa vie. Que n'aurait-elle donné pour qu'il lui fasse confiance et la laisse entrer dans son monde ! Evidemment, il était très gentil avec elle ; il n'en restait pas moins qu'ils se comportaient plus comme des étrangers courtois que comme mari et femme. A quoi s'était-elle attendue ? Qu'il tombe éperdument amoureux d'elle, comme cela lui était arrivé ?

Car, malgré tous ses efforts pour ne pas se laisser prendre au piège, elle avait fini par succomber. Lui ne s'en rendait même pas compte ; il la traitait de manière formelle — et elle avait appris à faire de même. Aujourd'hui, pour ne rien arranger, elle allait rencontrer sa famille. Il lui faudrait prétendre que son mariage était une réussite. Comment s'y prendrait-elle pour donner le change ?

Seule consolation, le parc d'attractions était remis d'aplomb, grâce à l'aide généreuse de Steve. Elle avait beaucoup travaillé avec son père afin de solidifier son entreprise pour les années à venir. Maintenant, elle pouvait se consacrer entièrement à son rêve. Elle n'en avait pas encore parlé à son mari, préférant se charger des détails concrets avant de lui faire part de son idée. Elle espérait qu'il ne se moquerait pas d'elle ; elle avait tellement travaillé pour cela…

La sonnerie du téléphone la fit sursauter.

— Allô ?

— C'est moi. N'oublie pas qu'on part pour Melbourne à 14 heures. Sois prête à midi.

Le ton péremptoire de Steve ne fit rien pour la rassurer. Depuis ce matin, elle ne se sentait pas très bien — sûrement à cause de la tension croissante entre eux. Elle détestait être obligée de se réfréner à longueur de journée pour complaire à son mari, et encore plus devoir supporter ses « ordres ».

— J'ai des projets. Tu avais dit qu'on partirait plus tard.

— Tu n'as qu'à t'arranger.

— Et si je ne peux pas ? fit-elle, résistant à l'envie de lui raccrocher au nez.

Elle avait pris rendez-vous pour visiter un petit local idéalement situé en ville. Elle était si près du but : elle

allait bientôt pouvoir ouvrir sa boutique d'aromathérapie !
Mais, comme d'habitude, les désirs de Steve équivalaient
à des sommations.

Un silence pesant s'installa entre eux. Enfin, Steve
reprit la parole :

— Ecoute, Amber, je n'ai pas le temps pour ce genre
de discussion. Débrouille-toi, c'est tout.

Il avait raccroché avant qu'elle n'ait eu le temps de
répliquer. Elle était folle de rage !

Mais, au lieu de se laisser aller à un énervement inutile,
elle appela l'agent immobilier pour écourter leur rendez-
vous.

La pression stimulait toujours Steve. Il adorait entre-
prendre de nouvelles choses. Alors pourquoi l'ouverture
de son nouveau bureau de Brisbane lui laissait-elle un goût
d'inachevé ? Les clients se bousculaient à sa porte, il avait
recruté une excellente équipe et trouvé des locaux à un
prix relativement raisonnable, tout ça en moins de deux
semaines. Dans ces conditions, pourquoi avait-il aussi peu
envie de se rendre au bureau le matin ? Jamais il n'avait
ressenti ça de toute sa vie.

Allez, admets-le.

Il secoua la tête pour effacer l'image d'Amber endormie
après l'amour. Il détestait devoir la quitter. Il avait à chaque
fois le sentiment de l'abandonner. Mon Dieu, il ne se lassait
pas d'être avec elle ! Elle l'avait envoûté. Il n'intervenait
pas dans ses affaires et elle respectait son besoin de calme
lorsqu'il devait travailler. En somme, ils avaient trouvé
l'arrangement parfait, comme il les aimait.

Mais pourquoi éprouvait-il toujours cette sensation de manque, chaque fois qu'il partait le matin ? Et pourquoi lui lançait-elle sans cesse ce regard blessé ?

Il ne le lui avait jamais caché : pour lui, ce mariage était exempt de tout sentiment. Cela posé, il avait l'intime conviction qu'elle en attendait plus de sa part, que, d'une certaine manière, il l'avait déçue.

Pourvu qu'ils aient bientôt un enfant. Après la naissance, elle aurait beaucoup trop à faire pour se préoccuper de lui et il pourrait enfin sauvegarder ce qui comptait le plus à ses yeux : la fortune de sa grand-mère. Il la protégerait de la rapacité de sa mère.

Incapable de se concentrer, il rangea la pile de contrats sur son bureau et informa la réceptionniste qu'il serait absent pour le reste de la journée. Il allait voir sa grand-mère, présenter Amber à sa mère et serait de retour à Brisbane vers minuit. Il ne pouvait pas la soumettre à une telle épreuve plus longtemps. Si elle survivait à la rencontre avec sa mère, ce serait la preuve définitive qu'elle possédait des pouvoirs surnaturels ! pensa-t-il avec un sourire ironique. Qu'avait-elle lu dans les cartes à propos de cette visite ? Le mieux, c'était qu'elle ne sache rien jusqu'au moment fatidique.

Sur le chemin du retour, il s'arrêta boire un café dans sa brasserie favorite ; à cette heure, l'endroit était toujours bondé d'hommes d'affaires. Soudain, dans toute cette foule, un visage familier, auréolé de longues boucles blondes, attira son attention. Il n'en croyait pas ses yeux : sa femme discutait d'un peu trop près avec un autre homme et elle lui souriait, privilège auquel il n'avait plus beaucoup droit ces derniers temps ! Elle était maquillée et vêtue d'un magnifique tailleur rouge qu'il n'avait encore jamais vu.

Son compagnon lui retourna son sourire et Steve se retint à grand-peine d'aller le réduire en bouillie. Au lieu de ça, il sirota son café et observa le manège d'Amber, qui semblait très intéressée par les documents que lui présentait l'autre type. Alors c'était de ça qu'elle parlait tout à l'heure, au téléphone ! Lui qui avait été assez stupide pour croire que ses seuls centres d'intérêt se résumaient à son père, le parc et lui !

Il termina son café et reposa rageusement sa tasse sur le comptoir. Personne ne se moquait de lui impunément, et à plus forte raison la femme qu'il avait épousée ! Elle avait su l'amadouer avec ses airs innocents, mais, au fond, elle était comme sa mère : seul l'argent comptait à ses yeux.

Bien sûr, c'est lui qui avait convaincu Amber de l'épouser en échange de son aide financière, mais il avait toujours espéré qu'elle ressentait autre chose à son égard…

Tu parles ! Ils n'avaient fait qu'un mariage de convenance, mieux valait qu'il s'enfonce ça dans le crâne une bonne fois pour toutes ! Voir sa femme avec ce crétin en était une preuve suffisante. Oui, elle était comme sa mère, utilisant toutes les armes à sa portée pour obtenir ce qu'elle voulait. Heureusement, il ne s'était pas laissé aller avec elle. Plus d'une fois, sa mère l'avait déçu ; pourquoi Amber serait-elle différente ?

Regardant une dernière fois en direction de sa femme, il fit demi-tour et sortit en trombe.

Amber ne pouvait cacher sa joie. Son rendez-vous avec l'agent immobilier s'était déroulé encore mieux qu'elle ne l'avait espéré. Lorsqu'elle l'avait appelé pour écourter leur rendez-vous, il lui avait proposé de se rendre dans un café et d'y étudier les plans du local, plutôt que de se retrouver sur place. Il s'était montré très professionnel et elle avait hâte d'en parler à Steve. Dieu merci, son mari pourrait s'occuper de toutes les formalités légales qui l'effrayaient un peu, lui permettant ainsi de se concentrer à cent pour cent sur son affaire.

Quand la porte d'entrée s'ouvrit, elle sauta du canapé, un sourire accueillant aux lèvres. La simple vue de son mari s'avançant vers elle l'excitait toujours autant. Malgré toutes leurs dissemblances…

— Bonjour. Je suis contente de te voir.

— Ça serait bien la première fois, lança-t-il froidement.

— Je suis toujours heureuse de te voir, reprit-elle sans se laisser démonter par cet accès de mauvaise humeur. J'ai plein de choses à te raconter.

— J'en suis sûr, dit-il, sarcastique, en allant se verser un verre de whisky, au grand étonnement d'Amber.

— Tout va bien ?

— A toi de me le dire.

— Je ne vois pas de quoi tu parles, fit-elle, soudain alarmée par son air excédé.

— Bien sûr que si, tu le sais. Tu n'aurais rien à me dire, par hasard ?

— Si, j'allais justement t'en parler. Comment l'as-tu appris ?

— Ça n'était pas compliqué, tu ne t'en es pas beaucoup cachée, lâcha-t-il avec amertume. Au fait, tu t'es changée… tu n'as pas eu envie d'être élégante pour faire plaisir à ton *mari* ?

La violence avec laquelle il prononça ces derniers mots l'effraya ; elle comprenait enfin de quoi il s'agissait. Il avait dû la voir au café ce matin et, en mari suspicieux, avait envisagé le pire…

La colère l'envahit. Il n'avait pas confiance en elle ! Bon sang, il ne devait pas la tenir en haute estime… et ne la considérer que comme une sympathique distraction au lit ! Eh bien, dorénavant, il pourrait se brosser !

— Pour ton information, j'avais un rendez-vous avec un agent immobilier qui m'aide à trouver un local pour ma boutique — et je devais avoir l'air professionnel. C'est pour ça que j'étais bien habillée. Je te remercie de m'accorder une telle confiance !

— Quelle boutique ? s'enquit-il, subitement tout pâle.

— Je compte ouvrir une boutique d'aromathérapie. J'ai fait énormément de recherches sur les chances de réussite. J'ai même établi un calendrier prévisionnel, pour que tu puisses en juger par toi-même.

— Tu crois pouvoir générer du profit en vendant des huiles essentielles ?

— C'est à peu près ça, oui, dit-elle en se détournant pour cacher ses larmes de déception — le scepticisme goguenard de son ton ne lui avait pas échappé.

Non seulement il la croyait capable de le tromper, mais, en plus, il se moquait ouvertement du projet qui lui tenait tant à cœur ! Jamais elle ne lui pardonnerait.

Elle l'entendit s'approcher et se raidit.

— On devrait parler de tout ça, dit-il en lui posant la main sur l'épaule.

— Laisse-moi tranquille !

Elle le repoussa et monta l'escalier quatre à quatre, ne voulant pas lui donner la satisfaction de la voir pleurer.

Dieu merci, il ne la suivit pas, même si une part d'elle-même aurait bien aimé qu'il s'excuse, la prenne dans ses bras et l'embrasse pour se faire pardonner.

Au lieu de ça, il se contenta de lui lancer en bas des marches :

— N'oublie pas : nous partons dans un quart d'heure pour l'aéroport.

Elle se retint de lui faire un signe grossier et alla s'enfermer dans sa chambre. De grosses larmes roulaient sur ses joues…

Steve se sentait comme le dernier des salauds. Ah oui, pas de doute, il avait vraiment fait preuve d'une rare délicatesse ! S'énerver sans même prendre la peine d'écouter ce qu'elle avait à lui dire !

Il n'était parvenu qu'à la blesser. Il avait bien vu les larmes dans ses yeux lorsqu'elle s'était enfuie et tout était sa faute. Pour sa défense, qu'était-il censé croire en voyant sa femme avec un autre homme alors qu'elle lui avait délibérément caché ce rendez-vous ?

Tu aurais pu lui faire confiance.

Seulement voilà, le problème, c'est qu'il n'accordait pas sa confiance facilement. Enfant, il avait été trop déçu par sa mère et ses fausses promesses. Depuis, il s'était bien juré de ne plus jamais se laisser berner, et se méfiait particulièrement des femmes.

Parallèlement sa grand-mère, qui représentait tout pour lui, ne lui faisait pas non plus entièrement confiance. Sinon pourquoi aurait-elle stipulé que son enfant hérite de sa fortune, plutôt que lui ? Elle avait tourné ça à la plaisanterie, disant qu'il aurait toutes les peines du monde à affronter sa mère. Ce qui signifiait en clair qu'elle ne le croyait pas capable de lui tenir tête en cas de crise.

Au fil du temps, il avait appris à se durcir, à taire ses émotions pour éviter de souffrir davantage.

Et, à présent, il avait blessé la seule personne qui avait réussi jusque-là à ouvrir une brèche dans sa carapace ; la seule qui lui semblait, justement, digne de confiance.

Tu es un âne, Rockwell, un âne bâté ! Il grimpa l'escalier, espérant pouvoir recoller les morceaux avec la seule femme qui ne méritait pas d'être traitée ainsi.

Amber apprécia les excuses de Steve à leur juste valeur : cela avait dû beaucoup lui coûter. Cependant, ça ne changeait rien au fait qu'il trouvait son ambition ridicule, même s'il ne l'avait pas dit expressément. Plutôt que de la féliciter chaleureusement, il lui avait posé une pluie de questions techniques, lui donnant l'impression qu'elle n'avait pas assez préparé son plan.

On ne pouvait pas dire qu'il la soutenait franchement ! Il faudrait donc qu'elle se débrouille toute seule, comme toujours.

— On y est presque, déclara-t-il lorsque le taxi s'arrêta devant une imposante grille en fer forgé, la tirant de ses pensées.

Amber se pencha pour tenter d'apercevoir la maison d'enfance de son mari ; mais le manoir Rockwell, situé dans la banlieue chic de Toorak, était ceint d'un véritable mur de chênes. Elle n'en avait jamais vu d'aussi grands. Comme il annonçait leur arrivée à travers l'Interphone, elle sentit monter son appréhension.

Rien ne pourrait calmer sa nervosité. Steve lui avait assuré qu'il ne la laisserait pas endurer cette épreuve seule, mais le problème n'était pas là. Elle ne faisait pas partie de ce monde, elle n'avait rien à faire avec un riche avocat.

Pourtant, malgré leurs différences, qui semblaient s'accroître chaque jour un peu plus, et aussi bien malgré elle, elle avait fini par tomber amoureuse de lui — irrémédiablement.

— Ça va ? s'inquiéta-t-il en lui prenant la main.

Elle acquiesça, le remerciant silencieusement de sa sollicitude.

— D'abord, allons voir grand-mère. Gardons le meilleur pour la fin.

— Ta mère est si terrible ? fit-elle, paniquée par son sérieux.

— Encore pire que ça. Mais ne te bile pas, on ne reste que quelques petites heures.

Amber se répéta ces mots tandis qu'ils pénétraient dans le hall. Elle eut un hoquet de surprise. Bien sûr, elle savait que les Rockwell étaient riches, mais Steve ne l'avait pas préparée à ce qu'elle avait devant les yeux : de hauts plafonds somptueusement décorés, des lustres en cristal, des murs brocardés couverts de toiles de maîtres, et un escalier digne d'*Autant en emporte le vent*. Sans parler du sol en marbre !

Elle fit un tour sur elle-même, s'efforçant de ne pas paraître trop abasourdie.

— Comment ? Il n'y a pas de serviteurs ?

— Ça doit être le jour de congé de Jeeve, répondit-il en haussant les épaules. Mais non, je plaisante, ajouta-t-il en voyant son air interdit.

Elle le suivit dans une sorte de boudoir rempli de fauteuils et d'objets de collection en tout genre, faisant attention de ne pas heurter le moindre bibelot — ils semblaient tous avoir coûté une fortune. A ce niveau-là, ce n'était plus de la richesse, c'était de l'obscénité. Lorsqu'elle avait un peu d'argent, elle était plutôt du genre à faire un don à un orphelinat népalais. Ici, les objets de décoration à eux seuls auraient suffi à nourrir et à habiller un bon millier d'orphelins pendant au moins dix ans.

— Alors c'est ici chez toi ? demanda-t-elle, le visage impassible.

— Ça ne l'a pas été longtemps, se justifia-t-il comme s'il avait perçu un reproche dans sa voix. Peut-être que ça ne l'a jamais été, en fait.

— Tu n'aimes pas cet endroit ? fit-elle, curieuse d'en savoir un peu plus sur sa famille.

— Qu'en penses-tu ?

Jetant un regard circulaire dans la pièce, elle fut une fois de plus frappée par la froideur de son atmosphère. On se serait cru dans un musée, pas dans une maison.

— Ce n'est pas vraiment un endroit pour un enfant.

— Tu l'as dit. Allez viens, allons voir grand-mère.

Il la prit par la main et elle le suivit avec plaisir, soulagée d'échapper à cette pièce imposante qui lui faisait penser à un tombeau.

Ils traversèrent plusieurs couloirs lambrissés d'acajou, jusqu'à atteindre les dernières pièces de la maison.

— Par ici.

Il ouvrit une porte et elle retint une exclamation de surprise. Le soleil inondait la petite pièce à travers les baies vitrées, lui conférant l'aspect d'une verrière. Des plantes et des vases garnis de roses ornaient les tables de-ci, de-là, illuminant encore un peu plus la pièce. Aucun objet précieux ici, seulement un canapé crème, des coussins dorés et une table basse couverte de magazines, qui donnaient une impression de douceur et de sécurité. Amber se serait volontiers pelotonnée sur le sofa avec un peu de lecture.

— C'est magnifique !

Elle espérait que l'atmosphère accueillante du lieu correspondait à la personne qui l'occupait.

En se retournant, elle vit que Steve souriait et cela adoucit ses traits jusqu'alors crispés. Elle ne l'avait pas vu aussi détendu depuis longtemps et cela lui faisait plaisir.

— J'adore cet endroit. Quand grand-mère s'est installée ici, elle a tout rénové. Ce sont les seules pièces de la maison dans lesquelles je me sentais bien.

— Je vois ce que tu veux dire. C'est si paisible, si harmonieux ici.

— Encore une de tes lubies *New Age* ? plaisanta-t-il.

— Chaque endroit et chaque personne a une aura. Ce n'est pas une *lubie*.

— D'accord, d'accord, ne sois pas aussi susceptible. Tu es trop sensible.

Ces derniers mots l'entraînèrent sur un terrain beaucoup plus intime, lui faisant penser aux caresses qui l'électrisaient à chaque fois qu'il la touchait. Il remarqua immédiatement son trouble et s'approcha d'elle. Elle ferma les yeux lorsqu'il la prit dans ses bras, attendant son baiser avec impatience. La dernière fois qu'il l'avait embrassée semblait remonter à une éternité, leur dispute à propos de l'agent immobilier ayant jeté un froid entre eux. Elle avait envie de sentir ses mains sur son corps.

— Steven, c'est toi ? demanda une petite voix sortie de nulle part, qui leur fit l'effet d'une douche froide.

— Oui, grand-mère, c'est moi, dit-il en s'écartant d'Amber. J'ai quelqu'un à te présenter.

90

Puis, le regard lourd de désir, il ajouta tout bas, d'une voix rauque :

— On verra ça plus tard.

Amber tenta de calmer les battements désordonnés de son cœur pour se concentrer sur la rencontre imminente. Elle le suivit dans une chambre qui lui parut être l'exacte reproduction de la pièce précédente, avec ses rideaux en shantung ouverts pour laisser entrer la lumière, son couvre-lit assorti, et son lit à baldaquin où trônait une vieille dame toute frêle à la longue chevelure blanche.

— Vous devez être Amber. Approchez, ma petite, que je puisse vous voir.

— Ravie de vous rencontrer, madame St John, dit la jeune femme en lui tendant la main.

— De même, ma chère. Alors dites-moi : comment vous traite mon petit-fils ? fit-elle en lui agrippant la main avec une force surprenante.

Tout en parlant, elle avait un tel éclat dans les yeux que, malgré son apparente fragilité, Amber aurait parié que rien ne lui échappait.

— La vie de femme mariée me plaît et je dois dire que c'est un défi de tous les jours, répondit Amber, espérant que cette réponse évasive lui suffirait — car elle se sentait incapable de mentir.

— Vous n'avez pas répondu à ma question. Après tout, votre mariage a été plutôt rapide... Y a-t-il quelque chose dont je devrais être au courant ? s'enquit-elle en lorgnant ostensiblement vers son ventre.

Amber les considéra l'un et l'autre, ébahie. Que signifiait le hochement de tête négatif de son mari et le clin d'œil de conspiratrice que lui lança sa grand-mère ?

91

— Non, je ne suis pas enceinte. Simplement, tout s'est passé très vite.

Ça n'était certainement pas la réponse à laquelle elle s'attendait, mais, au moins, c'était la vérité ; elle n'avait eu aucune chance dès l'instant où son chemin avait croisé celui de Steve.

— Eh bien, je suis contente d'apprendre que vous êtes heureuse. Toutefois, ne tardez pas trop à me faire des arrière-petits-enfants. Vous savez que je n'en ai plus pour très longtemps...

— Arrête un peu avec ça, grand-mère, l'interrompit Steve. A propos, comment te sens-tu ?

— Aussi bien qu'on peut l'espérer dans mon état. Mais ce fichu cancer me fatigue encore plus que les discours de ta mère, ajouta-t-elle avec un sourire railleur.

Amber refoula ses larmes. Une telle scène lui remémorait les derniers moments de sa mère... « Sois heureuse, ma chérie. Ecoute ton cœur quoi qu'il arrive. » Ç'avait été les derniers mots que sa mère avait prononcés et elle avait toujours fait de son mieux pour suivre ses conseils.

Aujourd'hui, en regardant son mari, la tête penchée vers sa grand-mère, elle se demanda pour la énième fois si elle avait vraiment fait le bon choix. Elle avait écouté son cœur et épousé un homme pour qui elle avait véritablement eu le coup de foudre, espérant qu'un jour il l'aimerait en retour. Pourvu que sa mère ait raison ! Ecouter son cœur était une chose, mais le voir se briser en mille morceaux après des années d'un amour non partagé serait intolérablement pénible...

Steve se leva brusquement et lui prit la main.

— On doit y aller. Grand-mère est fatiguée.

— Vous êtes vraiment très belle, ma chère, lui dit cette dernière en souriant. Steven a de la chance d'avoir trouvé quelqu'un comme vous. Prenez soin de lui.

Impulsivement, Amber se pencha pour embrasser la vieille dame sur la joue.

— Ça a été un plaisir de vous rencontrer. Faites bien attention à vous.

Elle savait que les mots étaient plutôt mal appropriés, mais elle les pensait du fond du cœur.

D'après le regard que la vieille dame lançait à son petit-fils, il était évident qu'elle l'adorait. Voilà au moins une chose que toutes les deux avaient en commun…

Steve serra sa main un peu plus fort, et Amber comprit qu'elle avait réussi le premier test. Si seulement la rencontre avec sa terrible belle-mère pouvait se dérouler aussi bien !

— Je repasserai à Melbourne la semaine prochaine. Je viendrai te voir.

La vieille dame leur fit un signe de la main, les larmes aux yeux, tandis qu'ils quittaient la chambre.

— Elle est incroyable, murmura Amber.

Elle appréciait la pression de sa main sur la sienne. Ils avaient très peu de contact hormis dans la chambre à coucher, et elle aurait vraiment aimé que ça change !

Elle savait que l'apparente froideur de Steve cachait un être passionné, une chaleur qui mourait d'envie de s'exprimer — il fallait juste qu'il accepte de s'ouvrir un peu. Maintenant qu'elle avait enfin découvert la maison où il avait grandi, elle avait une petite idée de la raison pour laquelle il était aussi peu expansif. Cet endroit était un véritable mausolée. Personne n'avait jamais dû lui apprendre à extérioriser ses émotions. Heureusement, elle était un très bon professeur…

— C'est vrai, elle est étonnante. Foutue maladie ! Je ne sais que faire pour elle…

— Sois simplement là. Et, si elle a une dernière volonté, fais de ton mieux pour la satisfaire. C'est ce qu'elle voudrait.

— J'essaie, crois-moi, dit-il en détournant les yeux, l'air embarrassé.

Il agissait bizarrement depuis qu'ils étaient entrés dans la chambre de sa grand-mère. Mais qui pourrait l'en blâmer ? Voir la seule personne qu'il aimait mourir à petit feu en toute impuissance, c'était un calvaire. Si quelqu'un pouvait le comprendre, c'était bien elle.

Cependant, elle avait également l'intuition qu'il avait une révélation importante à lui faire — mais que quelque chose le retenait.

Etait-ce le fait que sa grand-mère ait mentionné l'éventualité d'un bébé qui l'avait mis dans cet état ? Pourquoi avait-il pâli et secoué la tête lorsqu'elle y avait fait allusion ? Ils n'avaient toujours pas parlé de cet aspect de leur mariage. Que penserait-il de son désir secret d'avoir une ribambelle d'enfants ? Et, plus important, de faire un mariage normal, placé sous le signe de l'amour ?

D'après son regard impénétrable, elle avait une petite idée sur la question. Leur union n'était qu'un mariage de convenance, comme il aimait à le lui rappeler chaque jour. Il n'avait pas de place pour l'amour dans son existence bien ordonnée et elle ferait mieux de s'en souvenir.

— Prête à affronter ma mère ?

Amber opina du chef. Quelle désagréable impression que celle de passer un examen capital ! Pourtant, il n'y avait pas de quoi en faire toute une histoire. Elle avait vécu des moments bien plus stressants… comme épouser un homme qu'elle connaissait à peine.

Comparé à cela, rencontrer l'infâme Mme Rockwell serait une partie de plaisir.

7.

Amber ferma les yeux et se renfonça dans son siège tandis que l'avion décollait. « Vidée » n'était pas un terme assez fort pour décrire l'état dans lequel l'avait laissée son après-midi en compagnie de Georgia Rockwell. Sa belle-mère l'avait littéralement noyée sous un flot de questions, à tel point qu'elle se sentait sonnée.

Dès l'instant où Mme Rockwell avait posé le regard sur elle, elle avait pris un air dédaigneux et ne s'en était pas départie de tout l'après-midi.

Evidemment, elle était restée polie et raffinée ; mais elle n'avait pas manqué une occasion de lui faire des remarques assassines, lui donnant l'impression d'être une poupée vaudou qu'on transperçait de millions d'aiguilles. A présent, elle se rendait compte qu'elle avait été trop dure envers Steve. Il méritait une médaille pour s'en être aussi bien sorti avec une mère pareille !

— Tu veux manger quelque chose ? s'enquit ce dernier sur un ton empreint de sollicitude, ce qui ne fit que l'irriter davantage.

— Je n'ai pas faim, dit-elle en lui lançant un regard noir.

Elle était furieuse qu'il ait osé la laisser en pâture à une telle sorcière.

— Quelque chose à boire alors ? On dirait que tu as besoin d'un petit remontant.

— Non merci.

Elle se jura qu'elle n'hésiterait pas à le frapper s'il osait esquisser le moindre sourire.

— Hé, qu'est-ce que j'ai fait ? s'étonna-t-il d'un faux air innocent.

— Tu aurais pu me prévenir, dit-elle avec une mauvaise foi évidente.

— Je l'ai fait ! Mais tu n'as pas voulu m'écouter.

— Elle m'a quasiment dévorée toute crue !

Amber eut un haut-le-corps en se remémorant le regard dégoûté de sa belle-mère lorsqu'elle avait remarqué son anneau à l'orteil. Dans un sursaut de provocation, elle avait bien failli relever son T-shirt pour lui montrer son piercing au nombril ; finalement, la bienséance avait pris le dessus.

— Ne t'occupe pas d'elle. Moi, j'ai arrêté depuis long-temps, soupira-t-il en lui tendant un verre de vin. Tiens, ça devrait t'aider à te détendre.

Amber but une gorgée avec délice. Depuis son mariage, elle avait appris à apprécier le vin. C'était l'un des nombreux avantages de faire partie du clan Rockwell. Si, avant son mariage, elle avait très peu pris l'avion, elle sentait qu'elle n'aurait aucun problème à s'habituer à voyager en première classe. Steve lui avait fait découvrir une vie de luxe dont elle n'aurait jamais osé rêver. Dommage qu'elle ne puisse pas obtenir la seule chose qui comptait véritablement à ses yeux : son amour.

— On ne connaît pas grand-chose l'un de l'autre en fin de compte, finit-elle par dire.

Il fut aussitôt sur la défensive.

— Qu'y a-t-il à savoir ?

— Par exemple, ce que tu penses des enfants. Aimerais-tu en avoir ?

Voilà, elle l'avait dit ! Ça lui avait trotté dans la tête tout l'après-midi. En fait, pour être véritablement honnête, elle se posait la question depuis qu'il l'avait demandée en mariage.

— Oui, bien sûr, dit-il avec un manque de conviction évident.

— Je t'en prie, cache ton enthousiasme !

Elle tenta, pour sa part, de cacher sa déception grandissante en feuilletant un magazine, mais elle était trop énervée pour s'attarder sur quoi que ce soit. A quoi s'attendait-elle ? A ce qu'un homme qui passait sa vie au bureau saute de joie à l'idée d'avoir un enfant et de passer ses soirées dans les pleurs et les couches-culottes ?

— Allons, ne sois pas aussi susceptible, dit-il en lui prenant le magazine des mains. Tu savais à quoi tu t'engageais quand tu m'as épousé. Bien sûr que je veux un enfant, et le plus tôt possible d'ailleurs.

— Pourquoi ?

— Ce n'est pas ce que tu veux ? répondit-il en évitant soigneusement son regard.

— Comment peux-tu le savoir ? Et depuis quand mes désirs entrent-ils en ligne de compte ?

— J'ai remarqué la façon dont tu te comportes avec les enfants. Sans parler de ta réaction lorsque grand-mère y a fait allusion tout à l'heure. Tu désires être mère et je ne vois aucune raison de m'y opposer.

— Avoir un enfant, c'est une grande responsabilité. Je ne veux pas en avoir tant que nous ne serons pas prêts tous les deux.

— Pourquoi ? Tu penses que je serais incapable d'aimer mon enfant ?

— L'argent n'achète pas tout, Steve, dit-elle en repensant à la maison où il avait grandi et à sa mère.

— Tu crois ça ? fit-il en détaillant son corps d'une manière plus qu'explicite.

— Tu estimes en avoir eu pour ton argent avec notre accord, dis-moi ? explosa-t-elle.

— Ne gâche pas tout, Amber.

— Ce n'est pas moi qui gâche tout, c'est toi, quand tu m'as proposé ce marché pour sauver l'entreprise de mon père.

— Et tu te plains parce que… ?

— Tu n'as rien compris, n'est-ce pas ? Je n'aime pas qu'on me contrôle, qu'on me dise ce que je dois faire. Et, surtout, je ne supporte pas ta façon de prendre mon désir d'enfant à la légère. Notre mariage n'est qu'une farce, de quel droit ferions-nous un bébé dans de telles conditions ?

— Tu as terminé ?

Comment pouvait-il se montrer aussi froid ? Et dire qu'elle avait été assez stupide pour tomber amoureuse de cet abruti arrogant !

Préférant ne pas répondre, elle lui tourna le dos et regarda par le hublot, dans l'espoir qu'il la laisserait tranquille.

— Ce n'est pas fini, ma chérie, dit-il en se penchant vers elle. Loin s'en faut. Qui sait ? Une fois qu'on sera rentrés à la maison, tu auras peut-être envie qu'on s'exerce à faire un bébé ?

Malgré elle, sa suggestion la fit fondre. Une douce chaleur l'envahit en pensant à ses mains, ses lèvres et à la dextérité dont il savait faire preuve. Il ne l'avait même pas touchée ; il n'en avait pas besoin. Mais elle réussit à tenir bon et continua de l'ignorer.

Il capitula enfin et se renfonça dans son siège. Fermant de nouveau les yeux, elle commença à méditer, dans un ultime effort pour recentrer sa psyché. Cependant, pour la première fois de sa vie, elle fut incapable de se concentrer, le visage de Steve s'imposant sans cesse à son esprit.

Et, le pire dans tout ça, c'est qu'elle le voyait en train de bercer un enfant dans ses bras...

Steve partit pour le bureau plus tôt que d'habitude le lendemain matin, malgré leur arrivée tardive la veille. Il fallait qu'il mette un peu de distance entre Amber et lui : en sa présence, il avait l'esprit ailleurs. Elle le captivait à un tel point que, la plupart du temps, il avait le plus grand mal à se concentrer sur ce qu'elle lui disait ; son esprit était hanté par le souvenir de ses lèvres douces et de son corps aux courbes divines. Hier soir, malgré leur dispute dans l'avion, elle ne s'était pas dérobée, une fois dans la chambre — au contraire.

Mon Dieu, quelle femme ! Ce qui n'était au départ qu'un mariage de convenance se transformait peu à peu en une relation beaucoup plus intime. Il désirait sa femme comme jamais il n'avait désiré aucune autre, et cela l'effrayait. En aucun cas elle ne devait mesurer l'étendue du pouvoir qu'elle possédait sur lui, sinon elle serait capable de l'utiliser à ses dépens, tout comme l'avait fait sa mère.

A cet instant, la sonnerie du téléphone vint perturber le cours de ses pensées. Il était prêt à parier que c'était sa mère, justement, même s'il aurait tout donné pour se tromper.

— Oui, Chelsea ?

— Votre mère sur la ligne une, monsieur Rockwell.

— Merci. Passez-la-moi.

— Steven, mon chéri ! C'est si gentil à toi de m'avoir rendu visite hier.

— Ça faisait des semaines que vous me harceliez pour que je vous présente Amber, répondit-il, une pointe d'exaspération dans la voix.

— Ah oui, Amber, fit-elle, cherchant certainement quelque réflexion assassine à son sujet. Elle me paraît un peu… olé olé.

— Je dirais plutôt qu'elle a un style intéressant.

— Oh, je devine aisément ce que tu trouves de si « intéressant » chez ce genre de fille, mais…

— Mère, c'est de ma femme dont vous parlez !

— Enfin, Steven ! Comment as-tu pu faire une chose pareille ? Après toutes les jeunes femmes que je t'ai présentées ! Que s'est-il passé avec Brianna ?

— Mère, je n'ai pas de temps à perdre avec ce genre de discussion, lança-t-il, agacé. Y a-t-il une raison particulière à votre appel, mis à part vos reproches au sujet de ma femme ?

— Je serai à Brisbane le mois prochain pour assister à un défilé de mode…

Super ! Elle allait l'obliger à y aller avec elle, c'est sûr !

— Bien entendu, tu m'accompagnes, n'est-ce pas ? achevat-elle sur un ton qui n'admettait pas de refus.

— Bien entendu, mère. Autre chose ?

— Ta grand-mère semble aller beaucoup mieux depuis ta dernière visite. Peut-être devrais-tu venir la voir plus souvent, ajouta-t-elle en insistant bien sur le « tu ».

Il aurait pu l'étrangler pour se montrer aussi méprisante vis-à-vis d'Amber. Comment diable Ethel St John avait-elle pu engendrer une femme pareille ?

— Nous essaierons de venir à Melbourne très bientôt. Mais, pour l'instant, Amber vient d'ouvrir son entreprise et le travail ne manque pas, ici.

— Ta femme se lance dans les affaires ? s'exclama-t-elle, aussi horrifiée que s'il lui avait annoncé qu'elle était strip-teaseuse.

— Oui, elle a ouvert une boutique. A présent, si ça ne vous dérange pas, j'ai vraiment du travail…

— Une boutique ? De mieux en mieux ! Comme si le fait que tu travailles ne suffisait pas, tu l'encourages à jouer les vendeuses ? Tu as perdu l'esprit, ma parole !

Il sourit pour la première fois depuis qu'il avait décroché. Quelle aurait été sa réaction s'il lui avait dit qu'il s'agissait d'une boutique proposant des produits d'aromathérapie et de médecines alternatives ? Il lui faudrait au moins une semaine dans un centre de remise en forme pour s'en remettre, peut-être même un mois. A bien y réfléchir, ce n'était pas une mauvaise idée, surtout si ça tombait au moment de son fameux défilé…

— Steven, tu m'écoutes ?

— Mère, je n'ai vraiment pas le temps. On se rappelle. Au revoir.

Avait-il le temps d'organiser une réunion en urgence à Sydney d'ici un mois ?

Ragaillardi par cette possibilité, il parcourut les contrats entassés sur son bureau et se remit au travail avec enthousiasme.

*
**

Amber jeta ses pilules contraceptives quelques semaines après leur retour à Brisbane. A son grand étonnement, Steve avait beaucoup changé ; elle n'en aurait jamais espéré autant de sa part. Il lui parlait de son travail, semblait plus affectueux dans la vie de tous les jours et, plus important encore, il la soutenait activement dans l'ouverture de sa boutique : *Harmony*. Grâce à son aide, elle pourrait ouvrir ses portes la semaine prochaine...

Lorsqu'il lui avait demandé d'arrêter de prendre la pilule, elle avait enfin eu l'impression que sa vie allait bientôt être comblée. Même s'il ne l'avait jamais dit, il tenait de plus en plus à elle, peut-être même l'aimait-il. Sinon, pourquoi aurait-il tant changé ? Pourquoi lui aurait-il demandé d'arrêter la pilule s'il ne désirait pas au moins autant qu'elle avoir un enfant ?

Tout ce bonheur d'un coup, ça semblait presque trop ! C'était arrivé si vite ! Qu'avait-elle fait pour mériter tout ça ?

La boutique était exactement telle qu'elle l'avait toujours rêvée. Les étagères regorgeaient d'huiles essentielles, de bougies, de bijoux et de différents objets de confection artisanale fabriqués dans la baie de Byron. Elle n'en revenait pas : en un rien de temps, le local vide s'était transformé en une véritable caverne d'Ali Baba. Son rêve s'était enfin réalisé, en grande partie grâce à son mari.

Tiens, quand on parlait du loup : Steve venait juste d'entrer dans la boutique. Dans son costume sur mesure, il avait tout de l'homme d'affaires type.

— Comment va ma voyante préférée ? demanda-t-il avant de l'embrasser, sans même lui laisser le temps de répondre.

— Je te l'ai déjà dit, je ne prédis pas l'avenir. C'était simplement pour m'amuser à tes dépens.

— Oui, mais regarde un peu où ça t'a menée. Tout ce que tu as raconté sur moi ce jour-là m'a donné envie de t'avoir rien qu'à moi. Tu es sûre de ne pas être un peu sorcière sur les bords ? fit-il en la plaquant contre lui.

— Désolée de te décevoir, mais je me déplace uniquement en voiture, pas sur un balai.

— Mon cœur, absolument rien chez toi ne peut me décevoir.

— Alors, qu'en penses-tu ?

— Tu es incroyable, répondit-il en la dévorant des yeux.

— Je parlais de la boutique.

— Oh ! On verra ça plus tard, dit-il en faisant tomber plusieurs coussins de soie sur le sol.

— Hé ! On ne touche pas à la marchandise !

Il couvrit sa gorge de baisers.

— On ne peut pas essayer avant d'acheter ?

— Les coussins t'intéressent ? Ils sont brodés en Inde et…

— Je m'intéresse à tout ce que ce magasin peut offrir, l'interrompit-il. Surtout à la propriétaire…

— Et si elle n'est pas à vendre ? dit-elle en soupirant, tandis qu'il commençait à déboutonner son chemisier et à embrasser la naissance de ses seins.

— Aucun problème. J'adore acquérir des objets inestimables, murmura-t-il en se frayant un chemin de plus en plus bas, la forçant à se cambrer à sa rencontre.

— La porte de derrière…, commença-t-elle comme ses mains parcouraient frénétiquement son corps.

104

— Elle est fermée, ne t'inquiète pas. Profite du moment.

Inutile de lutter quand il l'embrassait ainsi. Heureusement, elle n'avait pas encore enlevé le papier journal de la vitrine ! C'est curieux, elle n'aurait jamais imaginé faire un jour l'amour sur des coussins au beau milieu de sa boutique, ni que ça puisse être aussi tendre et intense à la fois. Tandis qu'ils reposaient dans les bras l'un de l'autre, elle avait l'impression de flotter sur un petit nuage.

— Je suis fier de toi, murmura-t-il en l'embrassant au coin de la bouche.

Elle se blottit contre lui, au comble du bonheur. Pas une seule fois il ne l'avait dévalorisée, pourtant, quoi qu'elle fasse, elle avait toujours envie qu'il soit fier d'elle. Peut-être était-ce dû à leurs origines très différentes ? Elle se sentait constamment obligée de se rendre digne de lui.

Et, maintenant, elle devait lui annoncer une nouvelle qui, elle l'espérait, scellerait définitivement leur union.

— Steve, j'ai quelque chose à te dire, dit-elle en caressant son dos étonnamment musclé.

Il n'avait pas souvent le temps de faire du sport, et néanmoins son corps restait ferme et athlétique. Amber espérait qu'il en serait de même pour elle après neuf mois de grossesse !

Elle avait hâte de voir les changements s'opérer sur son corps, témoignages de la nouvelle vie qui grandissait en elle.

— Laisse-moi deviner. Tu as besoin de mes conseils sur la gestion de ta boutique ?

Il lui caressait doucement la pointe d'un sein.

— Non…, haleta-t-elle.

— Tu as besoin d'un stock plus important ? hasarda-t-il, traçant des cercles de feu sur son ventre.

— Non…

— Ou peut-être as-tu envie de ceci ? fit-il en la caressant encore plus bas, lui ôtant toute capacité de réfléchir.

— Oh mon Dieu, oui…

Ce qu'elle avait à lui annoncer pouvait attendre… Rien ne pressait.

Amber inspecta une ultime fois les étagères avant d'ouvrir la porte d'entrée. Retenant son souffle, elle retourna l'affichette « Ouvert » puis reprit son poste derrière le comptoir. Les doutes l'assaillirent. Et si personne ne venait ? Si tout le monde trouvait sa boutique ridicule et ses produits trop *New Age* ? Soudain, la clochette de la porte d'entrée retentit et elle leva la tête, le sourire aux lèvres, prête à accueillir son premier client.

— Bonjour, Amber.

— Madame Rockwell ! Je suis ravie de vous voir, repartit-elle en plaquant un sourire hypocrite sur ses lèvres. Qu'est-ce qui vous amène à Brisbane ?

— Steve ne vous a pas prévenue de notre venue ?

— Nous ? s'étonna Amber, curieuse de savoir si sa belle-mère était venue accompagnée ou bien si elle parlait d'elle à la troisième personne.

A cet instant, la porte s'ouvrit sur le clone de Cindy Crawford. En tout cas, ce fut la première impression d'Amber en voyant la belle brune se glisser d'un air hautain dans sa boutique.

— Je vous présente Brianna. J'ai pensé que vous aimeriez vous rencontrer, étant donné tout ce que vous avez en commun…

— Enchantée de vous rencontrer, Brianna, fit Amber en serrant les dents, résistant à l'envie impérieuse de gifler sa belle-mère. Si quelque chose vous intéresse, faites-moi signe.

— C'est *vous* que Steven a épousée ? demanda cette dernière d'un air dédaigneux.

Pas la peine d'être un génie pour se douter que la belle Brianna semblait partager la même opinion à son sujet que cette chère Georgia Rockwell.

— Oui, c'est moi, répondit-elle avec un sourire forcé. Nous sommes très heureux, se sentit-elle obligée d'ajouter, s'en voulant de se justifier ainsi aux yeux d'une parfaite inconnue.

— Vous avez de la chance. Steven me manque…

Amber s'agrippa au comptoir avant de faire quelque chose qu'elle pourrait regretter, comme d'arracher les yeux de cette vipère.

Heureusement, sa belle-mère intervint.

— Cet endroit est si original ! Ça devrait vous distraire lorsque Steven sera occupé ailleurs, enchaîna-t-elle avec un sourire à l'attention de Brianna, laissant peu de doutes quant aux éventuelles « occupations » de son mari. Dommage que vous ne vous joigniez pas à nous ce soir, Amber. Je pressens que ce sera une nuit inoubliable.

Ayant déversé tout son venin, Mme Rockwell ne voyait plus aucune raison de rester ; elle prit donc congé aussi subitement qu'elle était apparue, Brianna sur les talons. Amber se sentait au bord de la nausée, mais elle était prête à parier que ça n'avait rien à voir avec les désagréments matinaux de sa grossesse. Cette petite « conversation » avec ce vieux dragon et sa chère Brianna l'avait lessivée et, le pire, c'est qu'elle ne savait même pas à quoi elles avaient fait allusion.

Ce soir ? De quoi s'agissait-il ? Pour fêter l'ouverture d'*Harmony*, elle avait proposé à Steven de se faire un petit dîner romantique en amoureux ; il avait refusé, prétextant qu'il avait trop de travail. Elle lui avait pardonné après lui avoir fait promettre de se rattraper le soir même dans leur chambre. Car, mis à part l'ouverture de sa boutique, elle avait également une grande nouvelle à lui annoncer…

Mais, apparemment, il lui avait menti. Elle qui le croyait honnête ! Après la scène qu'il lui avait faite en la voyant avec son agent immobilier, il ne manquait pas de culot ! Faites ce que je dis, mais pas ce que je fais. Ce soir, il avait rendez-vous avec sa mère et son ex-petite amie, lesquelles semblaient toutes deux faire peu de cas de leur mariage…

Il ne manquait plus que ça ! Une rivale !

Rien, pas même la méditation, ne pourrait la détendre aujourd'hui. Il n'y avait qu'un moyen de régler ça, c'était de prendre le taureau par les cornes.

Elle irait donc à leur petite fête, histoire de mettre toute cette affaire au clair une bonne fois pour toutes.

8.

Steve détestait devoir mentir à Amber. Il avait bien failli lui parler de la promesse faite à sa grand-mère, mais il y avait renoncé à la dernière minute. S'il lui révélait qu'il lui fallait un enfant pour hériter de la fortune d'Ethel, sa femme le quitterait en moins de temps qu'il ne lui en avait fallu pour tomber amoureux d'elle.

Et il était vraiment amoureux, aucun doute là-dessus. Il avait fini par se défaire de ses réserves du début et redoublé d'attention envers Amber, qui avait l'air comblée par cette nouvelle situation. Dès qu'elle était près de lui, son cœur battait la chamade, c'était fou ! Evidemment, il n'était pas stupide au point de croire qu'elle l'aimait. Elle se montrait simplement reconnaissante. Leur relation était fondée sur un respect mutuel, beaucoup d'affection, et une osmose physique qui ne cessait de l'étonner.

Tout ce qu'il leur manquait à présent, c'était un bébé pour sceller leur union, et il serait enfin le plus heureux des hommes. Il rêvait d'avoir une petite fille qui serait le portrait de sa mère. Cet enfant, il l'aimerait de toutes ses forces ! Jamais il ne lui ferait subir ce qu'il avait éprouvé durant son enfance — à savoir le manque d'amour et l'abominable sentiment de ne pas avoir été désiré.

De toute façon, il lui fallait un héritier ; pas question que sa mère touche ne serait-ce qu'un centime de la fortune de sa grand-mère. En tout cas, pas tant qu'il serait en vie.

En pensant à sa mère, il frissonna. Il avait aussi menti à Amber en lui disant qu'il avait un rendez-vous professionnel, ce soir. En fait, il n'avait tout simplement pas voulu soumettre son épouse à la méchanceté de sa mère ; il avait donc inventé cette histoire de dîner d'affaires plutôt que de devoir lui demander de les accompagner à ce défilé de mode. Il ne voulait que l'épargner.

L'Interphone sur son bureau sonna :

— Votre mère sur la ligne deux, monsieur Rockwell.

— Passez-la-moi, dit-il avec un soupir résigné. Ensuite, vous pourrez y aller, Chelsea.

— Merci, monsieur. A demain.

— Steven, que fais-tu encore au bureau ? Tu n'es toujours pas prêt ?

Il consulta sa montre : avait-il le temps d'aller boire une bière avant d'aller la retrouver ?

Il lui faudrait au moins un verre ou deux pour pouvoir supporter toute une soirée en sa compagnie.

— Je vous ai dit que j'y serais à 7 heures, mère. Où est le problème ?

— Il n'y en a aucun, mon chéri. Je te réserve juste une petite surprise, c'est tout.

— Vous savez que je déteste les surprises.

— Fais-moi confiance, Steven, je suis sûre que celle-ci te plaira.

— On se voit à 7 heures, dit-il pour couper court. Surtout, ne vous attendez pas à ce qu'on aille dîner à la fin du défilé. Je rejoins Amber directement après.

— Nous verrons.

110

Cette dernière petite phrase le perturbait, il n'aimait pas ça. Qu'avait-elle encore manigancé ?

Amber s'enfonça plus profondément dans le Jacuzzi et ferma les yeux, se délectant de la pression des jets d'eau sur ses muscles tendus. La journée avait été longue, les clients s'étant bousculés jusqu'à la fermeture du magasin. En une seule journée, elle avait plus que triplé ses prévisions pour la première semaine. Ses rêves se concrétisaient enfin.

Tout du moins, l'un d'entre eux.

Pour ce qui était du fantasme « ils vécurent heureux jusqu'à la fin de leurs jours », sa belle-mère s'était fait un plaisir de le faire exploser en mille morceaux. Elle avait vu rouge lorsque Steve l'avait appelée pour confirmer qu'il rentrerait tard ce soir. Il avait même eu le culot de lui demander de l'attendre !

Il allait voir de quel bois elle se chauffait. Elle avait tout prévu, à commencer par la somptueuse robe de soirée qu'elle s'était offerte en rentrant du travail. Dans quelques heures, il aurait la surprise de la voir débarquer à sa petite soirée.

Il n'avait pas été très difficile de découvrir ses plans. Il lui avait suffi d'appeler sa secrétaire, prétextant avoir oublié l'adresse à cause de tout le stress dû à l'ouverture de la boutique, et cette dernière s'était fait une joie de la lui communiquer. Evidemment, elle avait bien précisé qu'il ne fallait pas en parler à Steve car elle tenait absolument à lui faire une surprise. Chelsea avait été un amour, proposant d'appeler les organisateurs pour l'inscrire sur la liste des invités.

Maintenant, tout ce qu'elle avait à faire, c'était de s'y rendre, et que la fête commence ! Si son mari avait l'intention de la tromper, elle allait lui faire une scène mémorable !

Steve tira sur son nœud papillon. Il aurait tout donné pour échanger son smoking contre une de ces chemises amples que lui avait offertes Amber. Il portait un costume tous les jours malgré la chaleur étouffante, et sa seule hâte en rentrant chez lui, c'était de se déshabiller. Ce qui, ma foi, offrait plus d'un avantage...

— Chéri, tu as réussi. Tu es pile à l'heure ! s'exclama sa mère en se faufilant à travers la foule sur ses gigantesques talons aiguilles.

— Je vous avais dit que je serais là à l'heure, grogna-t-il, irrité.

Elle avait toujours le don de l'énerver ! Sans compter que, à cet instant, il aurait mille fois préféré être chez lui avec sa délicieuse petite femme.

— Je suis contente de te voir. Tu te souviens de la surprise dont je t'ai parlé tout à l'heure ?

— Venez-en au fait, mère. De quoi s'agit-il ?

Il jouait machinalement avec son alliance ; depuis plusieurs jours, il se surprenait de plus en plus souvent à faire ce geste, qu'il trouvait étrangement apaisant.

— Et voilà ! déclara-t-elle en désignant Brianna, qui se tenait sur le seuil de la porte. Profites-en, mon chéri, souffla-t-elle en s'éloignant.

Il n'en revenait pas ! En face de lui venait de se matérialiser la femme qu'il avait surnommée jadis « la Princesse de Glace ». Elle portait une robe rouge qui laissait très peu de place à l'imagination : dénudée à la taille, elle offrait un décolleté plongeant sur sa poitrine siliconée.

— Bonsoir, Steven. Ça faisait longtemps, dit-elle en faisant glisser un ongle assorti à sa robe le long de sa joue.

— Oui, beaucoup d'eau a coulé sous les ponts depuis notre dernière rencontre, fit-il en s'écartant, et tout en se demandant ce qu'il avait bien pu lui trouver à l'époque.

Elle eut une moue boudeuse, ce qui conféra à ses lèvres l'aspect d'une tache de sang. Cela lui allait comme un gant, puisque, à l'instar d'un vampire assoiffé d'hémoglobine, elle n'en avait qu'après son argent : faire main basse sur le moindre centime de sa fortune, telle était son unique ambition.

— Ne sois pas si méchant, Steven. On a pris du bon temps tous les deux, dit-elle en se collant contre lui, faisant de son mieux pour faire valoir ses formes.

— Tu as raison d'utiliser le passé, Brianna. Car, au cas où tu ne le saurais pas, je suis marié. Et heureux de l'être.

— Et alors ?

— Bas les pattes, Bree. Je ne suis pas intéressé.

Il écarta ses mains de son col d'un air dégoûté. D'un coup, elle tomba le masque, et il reconnut enfin le visage froid auquel elle l'avait habitué à la fin de leur relation.

— Tant pis pour toi. De toute façon, tu n'as jamais eu très bon goût …

— De quoi parles-tu ?

— De ta femme, évidemment ! Tu me repousses pour cette espèce de romanichelle ? Tu es vraiment pitoyable !

Steve prit une profonde inspiration pour évacuer la rage qu'il sentait monter en lui. Il n'avait jamais été aussi hors de lui de toute son existence ! Plutôt que de se défouler sur la mégère en face de lui, il fit demi-tour et se mit à la recherche de la femme qui l'avait mis dans cette situation.

Repérant sa mère qui s'entretenait avec l'un des organisateurs de la soirée, il se hâta de traverser la salle, l'agrippa par le bras et lui murmura à l'oreille afin que nul ne l'entende :

— Il faut qu'on parle. Tout de suite !

Elle lui retourna un regard étonné qui ne fit qu'accroître sa colère.

— Je ne plaisante pas, mère. Venez avec moi ou vous le regretterez. Je n'hésiterai pas une seconde à faire un scandale devant tout le monde.

Sa mère avait de la classe, il ne pouvait pas lui nier cette qualité. Au lieu de s'effondrer, comme l'auraient fait la plupart des femmes face à une telle rage contenue, elle releva la tête, fit un signe de tête rassurant à ses amies et le suivit très calmement.

— Tu me fais mal, Steven, dit-elle tandis qu'il la tirait sans ménagement vers une alcôve séparée du reste de la salle par un grand rideau.

— Ce n'est que le début, mère.

Arrivé à destination, il relâcha son bras, tira le rideau, puis se tourna vers cette mère qu'il méprisait.

— Qu'est-ce qui vous a pris d'amener Brianna ici ? Et que lui avez-vous dit à propos d'Amber ?

— J'essaie seulement de t'aider, Steven.

— Je me passe très bien de ce genre d'aide, s'écria-t-il, voyant avec une intense satisfaction sa mère frémir.

— Baisse d'un ton, veux-tu. Les Rockwell ne crient pas.

— Oh non, surtout pas ! On préfère foutre nos vies en l'air à force de non-dit et d'émotions refoulées. C'est beaucoup plus sain !

— Ne sois pas ridicule. Grâce à ton éducation, tu t'en es très bien sorti. Si ce n'était ton mariage, et cette femme…

— Cette fois-ci, la coupe est pleine, mère. C'est fini. Je ne veux plus jamais vous revoir ni même entendre parler de vous. Vous avez compris ? Je n'ai plus de mère !

Amber était arrivée juste à temps pour assister au numéro de charme de Brianna et voir Steve la repousser. Elle avait failli courir dans ses bras, prête à lui pardonner sur-le-champ, lorsqu'elle avait été témoin de sa violente altercation avec sa mère. Elle n'aimait pas trop écouter aux portes, mais son envie de voir son ennemie jurée se faire remettre à sa place fut la plus forte. Elle les suivit donc jusqu'à l'alcôve où la dispute faisait maintenant rage.

Elle glissa un œil derrière le rideau, se délectant de voir sa snob de belle-mère recevoir la leçon qu'elle méritait, lorsque cette dernière l'aperçut.

Plutôt que de signaler sa présence, Georgia Rockwell leva la tête et dit à son fils :

— Tu peux m'accuser tant que tu le souhaites, ça ne change rien aux faits.

— Vous m'avez assez gâché la vie. Partez. Rien de ce que vous pouvez dire ne m'intéresse.

— Je sais très bien pourquoi tu as sorti cette pauvre fille du caniveau pour l'épouser, dit-elle sans lâcher Amber des yeux, la mettant au défi de se manifester.

Un mélange de stupeur et de colère empêcha cette dernière de prononcer le moindre mot.

— Vous ne savez rien du tout. Je vous ai dit de sortir de ma vie !

Si la musique techno marquant le début du défilé n'avait pas démarré à ce moment précis, toute l'assistance aurait entendu le cri de Steve.

— Allons, Steven, reprit Georgia Rockwell en fixant toujours Amber. Nous savons tous les deux que, si tu as épousé cette fille, ce n'est que pour qu'elle te fasse un enfant, afin d'hériter de la fortune d'Ethel. Et elle seule était assez stupide pour tomber dans le panneau… A moins que ton argent ait été l'élément décisif dans toute cette sordide histoire ?

De telles accusations révoltaient Amber ! Steve n'avait pas besoin d'un héritier. Au début de leur mariage, il n'avait même pas abordé le sujet des enfants !

Puis, soudain, elle se souvint du hochement de tête négatif qu'il avait adressé à sa grand-mère lors de leur visite. Et de la rapidité avec laquelle, plus tard, il lui avait dit vouloir un enfant…

Mon Dieu, non ! Ce n'était pas possible ! C'était l'amour qui l'avait fait changer d'attitude envers elle, pas un sordide plan pour la pousser à produire un héritier à la fortune des Rockwell !

— Comment le savez-vous ?

Par ces quatre petits mots, l'homme qu'elle avait appris à aimer plus que la vie elle-même anéantit toutes ses illusions.

Agrippant son ventre comme pour protéger son enfant à naître, elle fit volte-face et courut jusqu'à l'entrée. Une fois dehors, elle s'appuya contre un mur, luttant contre les sanglots qui menaçaient de la submerger. En état de choc, elle se mit à claquer des dents, malgré la douceur du soir.

Il faut que je rentre à la maison, pensa-t-elle en hélant un taxi. Le seul problème, c'était que, à Brisbane, elle n'était pas chez elle. Elle voulait fuir cette ville et retourner dans sa caravane, ce cher refuge où elle avait surmonté, déjà, la tristesse qui l'avait envahie à la mort de sa mère…

— Ça va, madame ? s'inquiéta le chauffeur de taxi en l'observant dans le rétroviseur.

Elle fit signe que oui, tout en sachant parfaitement que plus rien n'irait jamais bien.

Steve ouvrit la porte d'entrée comme un automate, tant il se sentait las. Il n'avait qu'une envie : se lover dans les bras d'Amber et oublier toute cette histoire avec sa mère. Il l'avait toujours méprisée, mais jamais il n'avait mesuré à quel point elle pouvait être dangereuse et mesquine. Dieu seul sait comment elle avait découvert la vérité sur son mariage avec Amber ! Et lui qui, bêtement, n'avait même pas songé à nier ! Mais il préférait être damné plutôt que d'avouer à ce vieux dragon à quel point il aimait sa femme à présent.

Personne n'avait besoin de connaître ses sentiments, d'autant plus qu'il ne savait pas réellement où il en était lui-même.

— Mon cœur, je suis rentré, appela-t-il, étonné de voir toutes les lumières éteintes, excepté une, celle de leur chambre.

Se frayant un chemin dans la pénombre, il buta contre quelque chose.

Jurant entre ses dents, il appuya sur l'interrupteur. Une vive lumière se répandit dans la pièce ; à sa grande surprise, il découvrit deux valises à ses pieds.

— Amber ? Que se passe-t-il ? fit-il, pris de panique.

— A ton avis ?

Steve leva les yeux vers le haut de l'escalier, où se tenait Amber, drapée dans une somptueuse robe de soirée. Elle se mit à descendre les marches lentement et il put tout à loisir admirer ses courbes merveilleusement mises en valeur par le fin tissu noir. Ces dernières semaines, elle avait pris un peu de poids, ce qui ajoutait à son sex-appeal. Bien entendu, il ne lui avait fait aucune remarque à ce sujet, il n'était pas totalement idiot !

— Waouh ! C'est une sacrée robe ! En quel honneur ?

— Je pars, fit-elle sans même le regarder.

— Pour faire carrière dans le mannequinat ?

Sa tentative d'humour tomba à plat. Il avait envie de s'approcher d'elle — elle était en train de chercher quelque chose dans son sac à main —, mais, vu son attitude, mieux valait éviter. Il ne l'avait jamais vue ainsi et cela l'inquiétait beaucoup.

— Je m'en vais pour de bon, lança-t-elle finalement en se retournant.

Il lutta pour ne pas s'effondrer. Elle était si pâle, ses yeux si rouges. Des traces de Rimmel montraient qu'elle avait pleuré.

— Qu'y a-t-il, ma chérie ? dit-il en s'approchant, cherchant désespérément à concevoir ce qui pouvait bien la pousser à le quitter comme ça, sans aucune explication.

— Ne me touche pas ! hurla-t-elle en reculant. Et je ne suis pas ta chérie, jeta-t-elle avec une telle rage qu'il en fut un peu effrayé.

Alors, il eut comme une révélation : sa femme était sur le point de le quitter, et il se rendait compte seulement maintenant à quel point il l'aimait. Pas seulement pour son physique, mais pour tout ce qu'elle représentait.

— Je ne comprends pas, fit-il, d'un ton presque suppliant.

Il n'avait jamais rien demandé dans sa vie, mais, à cet instant précis, si ça pouvait la faire changer d'avis, il était prêt à tout. Il fallait qu'elle se confie à lui, qu'elle lui dise ce qui la mettait dans un tel état. Lui qui avait l'habitude de toujours tout contrôler, il se sentait soudain complètement impuissant.

— Alors on est deux, répliqua-t-elle, les larmes aux yeux. Jamais je ne te pardonnerai ce que tu as fait. Jamais !

— Mais enfin, de quoi m'accuses-tu ?

Pour toute réponse, elle se contenta de secouer la tête, les larmes coulant à présent à flot sur ses joues. Bon sang, pourquoi le regardait-elle comme s'il était le dernier des salauds ?

— Nom d'un chien, dis-moi ce qui se passe !

— Ne me crie pas dessus comme si j'étais une enfant ! dit-elle en protégeant instinctivement son ventre.

Il comprit tout de suite. Elle était enceinte !

Il s'appuya contre le mur, à la fois déboussolé par cette nouvelle et fou de joie à l'idée d'être père. Etait-ce la raison de son comportement irrationnel ? La peur de l'inconnu ? Les hormones faisaient-elles déjà leur effet ?

— Amber, pourquoi ne m'as-tu rien dit ?

— Te dire quoi ?

— Que tu portes mon enfant, dit-il avec un sourire engageant, espérant que ça la rassurerait quant à ses sentiments envers elle et leur future progéniture.

Mais ça n'eut pas l'effet escompté, bien au contraire.

Elle releva la tête d'un geste de défi auquel il était désormais habitué.

— Tu as tort. C'est *mon* enfant, et ni toi, ni ta cinglée de mère, ni même ta grand-mère ne poserez la main sur lui ou elle.

Steve sentit tout son sang se retirer de son visage. Pendant une seconde, il crut même qu'il allait s'évanouir. Mon Dieu, elle était au courant ! Sa mère avait dû lui faire part de ses soupçons et elle l'avait crue…

Pas de panique ! Tout ce qu'il avait à faire, c'était de nier les accusations de sa mère et lui avouer à quel point il l'aimait. Qui croirait-elle ? Une belle-mère qu'elle ne pouvait pas supporter ou bien son mari ?

— Je ne sais pas ce que t'a dit ma mère, mais il ne faut pas la croire. Je suis ravi que tu sois enceinte, j'ai même hâte qu'il soit né, dit-il, de plus en plus soucieux face à l'expression épouvantée d'Amber. Il faut encore que je t'avoue quelque chose : je t'aime.

A son grand étonnement, elle se mit à rire de façon hystérique, ce qui lui fit froid dans le dos.

— Tu ferais un excellent acteur. Hélas pour toi, tu te trompes de public, dit-elle en s'approchant, titubant sur ses talons hauts. Ce ne sont que des mots, maestro. L'amour ? reprit-elle en ponctuant chacune de ses paroles d'un coup sur sa poitrine. Tu ne sais même pas ce que ça signifie ! Quant à ce bébé, je me doute que tu es ravi de sa venue au monde. Après tout, quelle meilleure façon de grossir encore un peu plus ta fortune que d'y ajouter celle de ta grand-mère en lui offrant un héritier ?

— Ce n'est pas du tout ce que tu crois.

— Ne me mens pas ! Je le sais, je t'ai entendu le dire !

Oh mon Dieu ! Elle était venue à la soirée, voilà pourquoi elle portait cette robe. Et elle avait probablement surpris toute sa conversation avec sa mère.

120

— Ne fais pas ça, Amber. Je peux tout t'expliquer…

Mais il s'interrompit en lisant le dégoût sur son visage. Le sentiment atroce qu'il allait perdre ce qui comptait le plus pour lui le prit à la gorge.

— Garde ta salive pour quelqu'un que ça intéresse.

Sans lancer un seul regard en arrière, elle saisit ses valises, et partit en claquant violemment la porte derrière elle.

Dévasté, Steve se prit la tête entre les mains. Il aurait dû la rattraper, l'obliger à l'écouter, mais elle avait raison : les mots ne valaient rien. Vu son état actuel, rien de ce qu'il pourrait dire ne la convaincrait de sa sincérité.

La vérité ? La vérité, c'est qu'il l'aimait, comme un fou, et qu'il ne s'en rendait compte que maintenant, au moment où elle le quittait…

Il fallait le lui prouver. Par des actes.

9.

Amber ne pouvait pas retourner dans sa caravane, quand bien même son instinct la poussait à le faire. Elle avait une boutique à gérer et elle ne voulait surtout pas donner l'occasion à son futur ex-mari de la taxer d'irresponsable, inapte au rôle de mère...

Elle caressa son ventre et, pour la première fois de la soirée, elle sourit. Peu importe que sa vie s'écroule autour d'elle, elle possédait la chose dont elle avait toujours rêvé et personne ne pourrait la lui enlever.

Mais, soudain, le doute la prit. Les Rockwell étaient immensément riches et Steve, un avocat de haut rang. Que ferait-elle s'ils essayaient de lui enlever son bébé en la traînant en justice ? Ils pouvaient se permettre une longue bataille juridique, pas elle. Ils avaient le bras long, ce qui était loin d'être son cas. Et si Steve décidait finalement de ne plus financer *Harmony*, la privant ainsi de tout revenu pour élever son bébé ?

Toutes ces questions effrayantes se bousculaient dans sa tête tandis qu'elle s'écroulait sur le lit de sa chambre d'hôtel, incapable de chasser de son esprit le visage de son mari.

Elle avait attendu des mois et des mois dans l'espoir d'entendre ces trois petits mots qu'il avait enfin prononcés aujourd'hui. Hélas, cela ne signifiait plus rien, à présent. Il aurait dit n'importe quoi pour ne pas laisser échapper son enfant et surtout l'héritage de sa grand-mère. Quel genre d'homme pouvait se montrer égoïste à ce point ?

Accablée par le chagrin, elle se lova sur le lit et pleura toutes les larmes de son corps, jusqu'à ce qu'elle finisse par sombrer dans le sommeil.

Il fallait qu'il parle à quelqu'un. C'était urgent. Et la seule personne au monde en laquelle il avait confiance, c'était sa grand-mère. Peu de temps après le départ d'Amber, il avait réservé une place sur un vol pour Melbourne ; au moins, ça lui évitait de tourner en rond à se maudire pour avoir laisser la plus belle chose qui lui soit jamais arrivée dans la vie lui échapper.

Comme l'avion entamait sa descente, il retourna pour la énième fois le problème dans tous les sens. Techniquement, sa grand-mère n'était pas la seule personne en qui il avait peu à peu placé sa confiance. Amber et son tempérament enjoué s'étaient insinués dans sa vie, détruisant une à une toutes ses défenses, mis à part une.

Pourquoi ne lui avait-il pas avoué ses sentiments plus tôt ? Ainsi, il aurait pu lui dire la vérité concernant l'héritage de sa grand-mère. Elle aurait compris et aurait même certainement tout fait pour l'aider. Bon Dieu, quel imbécile ! Pour quelqu'un qui se vantait d'avoir un QI au-dessus de la moyenne, il était vraiment le roi des crétins et même l'empereur des lourdauds, s'agissait-il de sentiments.

Et il en avait assez d'accuser sa mère de tous ses torts. Aujourd'hui, c'était lui et lui seul qui régentait sa vie. Sa mère était une mégère sans cœur, et alors ? Ça faisait longtemps qu'il n'attendait plus rien de sa part. Avec Amber, c'était différent…

Il était toujours plongé dans ses pensées quand il frappa à la porte de sa grand-mère, une heure plus tard.

— Entrez.

Rassemblant tout son courage, il ouvrit la porte, se préparant à affronter le pire. Cela faisait plusieurs semaines qu'il ne l'avait pas vue et, lors de sa dernière visite, elle n'était certes pas au mieux de sa forme. Son cancer l'affaiblissait de plus en plus, la laissant pâle et amaigrie.

— Bonjour, grand-mère, c'est moi.

— Alors, qu'as-tu fait cette fois-ci, mon garçon ? demanda-t-elle, le regard plus perçant que jamais.

— Pourquoi crois-tu que j'ai quelque chose à me reprocher ? Je ne peux pas rendre une simple visite à ma grand-mère sans être aussitôt soupçonné ? dit-il en se penchant pour l'embrasser, surpris de la trouver aussi alerte.

— Je suis peut-être mourante, mais je ne suis pas encore sénile. Tu as ce regard que je connais bien, Steven. Le même que tu faisais lorsque l'une de tes abominables expériences chimiques t'explosait à la figure. Assieds-toi et raconte-moi tout.

— D'accord, mais dis-moi d'abord comment tu te sens, fit-il en s'asseyant au bord du lit. Tu as l'air d'aller beaucoup mieux que la dernière fois.

Pour dire la vérité, son apparence l'avait surpris. Elle n'avait plus les joues aussi creuses ni aussi blêmes qu'auparavant.

— Balivernes ! Ça doit être ces pilules qu'on me donne. Ça ne me guérit pas, mais j'ai au moins l'air présentable. Bon, maintenant, dis-moi ce qui se passe.

Il n'en revenait pas ! Elle acceptait la perspective de mourir avec le même aplomb qu'elle avait affiché toute sa vie. Et elle avait toujours l'esprit aussi affûté qu'une lame de rasoir !

— C'est à propos d'Amber…

— Elle est enceinte ? le coupa Ethel, les yeux brillants.

Il acquiesça. Comment annoncer à sa grand-mère que, même si elle portait son enfant, sa femme ne voudrait probablement plus jamais lui adresser la parole ?

— C'est bien, mon petit, reprit la vieille dame. Maintenant, je peux mourir tranquille.

— Grand-mère, ce n'est pas tout.

— Oui, je sais, avec les Rockwell, il y a toujours autre chose. Dieu merci, ta mère a eu le bon sens de te mettre au monde. Sinon, Dieu seul sait ce qu'il serait advenu de la fortune des St John ? C'est à peu près la seule chose bien qu'elle ait faite dans sa misérable vie. Pour quand est prévu ela naissance ?

— Je ne sais pas trop.

— Quoi ? Tu ne connais pas la date prévue pour l'accouchement ? Mais quelle sorte de père es-tu donc ?

— Oh, je suis à peu près aussi nul dans ce rôle que dans celui d'époux.

Comment avait-il pu en arriver là ? Lui qui n'avait jamais eu particulièrement envie de se marier y avait pris goût de façon tout à fait surprenante. Et il n'avait aucunement l'intention de pointer aux Divorcés Anonymes !

Les yeux de sa grand-mère ne formaient plus que deux minuscules fentes, aussi lourdes de menaces que le jour où il avait mis des escargots dans son lit, vingt ans auparavant.

— Tu l'as blessée, n'est-ce pas ? Et fichu en l'air ton mariage, par la même occasion.

— C'est à peu près ça, confirma-t-il d'un air penaud. Je ne lui ai pas parlé de la clause de ton testament ; et c'est mère qui le lui a appris.

— Oh non ! fit sa grand-mère, brusquement livide. Comment as-tu pu être aussi stupide ?

— Au début, je n'étais pas amoureux d'elle… c'est pour ça que je ne lui ai rien dit.

— Mais alors pourquoi l'as-tu épousée ?

— Mère m'avait dit que tu étais au plus mal, alors j'ai voulu t'offrir la seule chose que tu souhaitais avant de…, commença-t-il, incapable de prononcer le mot fatidique. J'appréciais beaucoup Amber et il se trouve qu'on avait mutuellement besoin l'un de l'autre, on s'est donc mariés.

— Que veux-tu dire par là ?

— L'entreprise de son père était au bord de la faillite, je l'ai renflouée, avoua-t-il à regret, sachant qu'elle ne cautionnerait pas cette attitude. Je savais qu'elle pouvait avoir des enfants, alors…

— Tu l'as achetée ? Comme si elle n'était qu'une vulgaire marchandise ? s'écria-t-elle d'un air dégoûté, lui donnant l'horrible impression d'être redevenu un enfant de six ans. Mais, enfin, qu'est-ce qui t'a pris ?

— Je n'ai pas réfléchi.

— L'argent est-il si important à tes yeux, Steven ?

— Bien sûr que non !

— Alors pourquoi avoir fait une chose pareille ?

— Je voulais te rendre heureuse, essayer de te donner un peu du bonheur que tu m'as apporté quand j'étais enfant. J'avais tant envie que tu puisses admirer ton arrière-petit-fils ou ton arrière-petite-fille. Je pensais que ça soulagerait un peu tes souffrances.

— Mon chéri, je te fais confiance. Je n'ai pas besoin que tu me présentes mon arrière-petit-fils pour savoir que tu utiliseras cet argent au mieux, en ouvrant un centre de lutte contre le cancer pour les enfants, comme nous en étions convenus. Tu as toujours su me rendre fière de toi et je ne vois pas pourquoi ça devrait changer quand je serai partie.

— Grand-mère, j'ai tout fichu par terre !

— Pas avec moi, en tout cas, dit-elle en serrant sa main dans la sienne. Mais je pense qu'une certaine jeune femme a le droit d'entendre tout ce que tu viens de me dire.

— Et si elle ne veut pas m'écouter ?

— Si elle t'aime, elle t'écoutera. N'es-tu pas avocat ? Sers-toi de ton éloquence, maestro.

Ethel avait été si fière de lui, à l'obtention de son diplôme. Elle n'avait jamais fait la moindre remarque concernant son choix de carrière, ni sur le fait qu'il veuille bâtir lui-même sa fortune. Dommage que sa mère n'ait pas pu en faire autant. Non que ça lui importe, à présent… Une fois que cette dernière aurait découvert leurs projets concernant l'argent d'Ethel, elle le renierait sans état d'âme. Dieu merci !

— C'est drôle que tu dises ça, Amber a l'habitude de me surnommer ainsi.

— Comment ?

— Maestro.

Il se rappelait la première fois où elle l'avait appelé de la sorte, avec son petit air insolent. Bonté divine, il l'aimait à la folie !

Et si sa grand-mère avait raison et que sa femme l'aimait réellement ? Il ne pouvait pas en être sûr à cent pour cent, mais elle lui avait prouvé, au cours des derniers mois, qu'elle l'appréciait, et pas seulement lorsqu'ils faisaient l'amour. Restait à savoir si c'était réellement de l'amour ?

— J'aime beaucoup cette fille, déclara sa grand-mère. Alors, maintenant, va te jeter à ses pieds.

Quand Ethel St John donnait un ordre, il était impossible de lui désobéir.

Amber ferma la porte à clé et baissa les stores. La journée avait été longue. Comme la veille, des tas de curieux étaient venus dépenser une petite fortune dans sa boutique. Même son père était passé, prétextant avoir un rendez-vous d'affaires en ville… Elle le connaissait assez bien pour savoir qu'il mentait. En général, il détestait faire la route jusqu'à Brisbane et s'évitait cette corvée en traitant par téléphone ou par Internet ; à l'évidence, il voulait vérifier que tout allait bien pour elle.

Colin Lawrence était un homme nouveau, grâce à l'argent des Rockwell. Heureusement, il avait insisté pour établir un contrat de financement en bonne et due forme. Avait-il pressenti la façon désastreuse dont tournerait son mariage ? Si c'était le cas, il s'était montré beaucoup plus malin qu'elle. Mais, aujourd'hui, elle ne s'était pas senti le courage de lui dire la vérité…

Elle avait fait bonne figure, disant que son air fatigué n'était dû qu'à l'ouverture de sa boutique et, Dieu merci, il l'avait crue. Il avait fini par s'en aller après avoir acheté une de ces petites fioles d'huile de lavande qu'il utilisait à l'occasion pour se relaxer, lui qui s'était si gentiment moqué de ses « lubies » pendant des années.

A mesure que les heures passaient, elle avait eu de plus en plus de mal à conserver son masque de bonne humeur. Toutefois, malgré la fatigue, elle avait été heureuse d'avoir autant de travail ; ça l'empêchait de trop ressasser ses malheurs. Elle n'avait jamais eu pour ambition de finir mère célibataire, c'est pourtant ce qu'elle allait devenir. Quant au divorce, elle pensait autrefois que ça n'arrivait qu'à ceux qui n'avaient pas envie de sauvegarder leur mariage. Quelle naïve elle faisait !

Une larme roula sur sa joue, qu'elle sécha avec rage. Elle avait pleuré des rivières, la nuit dernière ; elle n'allait certainement pas se laisser encore aller à s'apitoyer sur son sort. Elle avait une boutique à diriger, un bébé naîtrait bientôt et son avenir était désormais entre ses mains. Elle pouvait très bien s'en sortir toute seule…

Alors pourquoi avait-elle l'impression que ses chakras n'étaient pas du tout en harmonie ?

Soudain, quelqu'un tambourina à la porte, la tirant de ses pensées.

— C'est fermé.

Puis, voyant que l'importun n'avait pas l'intention d'abandonner :

— D'accord, d'accord, une minute, j'arrive.

Elle regarda à travers les persiennes — et aperçut le dernier homme qu'elle avait envie de voir. Et, le pire, c'est que son cœur, le traître, se mit à battre la chamade ! Steve était si beau dans son costume impeccablement coupé !

— Amber, il faut qu'on parle.

C'était typique chez lui : il ne demandait pas, il ordonnait ! Elle laissa retomber les persiennes et s'adossa à la porte.

— Va-t-en. Je n'ai rien à te dire.

— Peut-être, mais moi si, alors ouvre cette porte. Tout de suite.

Elle détestait qu'on lui dise ce qu'elle devait faire, au moins autant qu'elle détestait les mensonges. Or son mari semblait être un virtuose dans ces deux matières…

— Tu ne peux pas m'y obliger, riposta-t-elle avec insolence, croisant les bras sur sa poitrine.

— Ne me pousse pas à bout, Amber, dit-il d'une voix dangereusement basse.

— Pourquoi ? Tu te fiches pas mal de moi.

Elle savait qu'elle allait un peu loin, qu'elle était à la limite de l'enfantillage. Au lieu de bouder comme une adolescente écervelée, elle aurait mieux fait de gérer la crise en adulte…

En voyant Steve à travers les persiennes, avec son air hagard, ses beaux yeux gris cernés de noir, sa barbe de deux jours et sa cravate dénouée, n'avait-elle pas senti ses bonnes résolutions vaciller ? Lui qui d'ordinaire était toujours impassible et tiré à quatre épingles devait vraiment être déboussolé pour se trouver dans un tel état.

— Amber, laisse-moi entrer. On ne peut pas se parler à travers cette porte, dit-il en branlant la poignée. S'il te plaît…

Elle hésita, bouleversée. Voilà qu'il l'implorait !

Malgré toutes ses réticences, elle ouvrit finalement la porte, tentant d'ignorer les battements effrénés de son cœur.

— Tout ceci n'est qu'une perte de temps.

— Je ne suis pas d'accord, répondit-il nerveusement.

Amber s'évertua à masquer sa surprise. Non seulement le col de sa chemise était déboutonné, mais il ne portait pas non plus d'épingle de cravate et son stylo préféré avait glissé au fond de la pochette de sa veste. Les temps semblaient durs pour son perfectionniste de mari… Ce négligé fit naître un léger espoir en elle. Peut-être était-il plus attaché à elle qu'elle ne le croyait ?

Il tenta de la toucher ; elle le repoussa.

— Avant que tu n'entres ici, établissons des règles. Primo, tu ne me donneras pas d'ordres. Secundo, tu n'essayeras pas de régenter ma vie. Et, tertio, tu t'en iras à la fin de notre discussion en respectant ma décision. C'est bien compris ?

— Parfaitement. Je peux entrer, maintenant ?

Décidément, elle allait de surprise en surprise ! Il n'avait pas opposé la moindre objection. Il devait se sentir encore plus mal qu'elle ne le supposait. Tant mieux. Pourquoi devrait-elle être la seule à souffrir ?

Elle fit le tour du comptoir et s'assit sur un tabouret, se sentant plus en sécurité derrière le petit meuble vitré. Elle se méfiait de son corps, qu'elle n'avait jamais réussi à contrôler en sa présence…

— Alors ? Qu'y a-t-il de si important que tu ne puisses m'annoncer à travers la porte ? s'enquit-elle en cachant ses mains tremblantes.

— Où sont passés tous les coussins ? demanda-t-il à brûle-pourpoint.

Oh non ! Il n'avait même pas besoin de la toucher pour la mettre dans tous ses états. En faisant allusion aux coussins bariolés sur lesquels ils avaient fait l'amour, il réveilla en elle des souvenirs pour le moins troublants…

Elle fit tout son possible pour chasser de sa mémoire les images de leurs deux corps enlacés et le regarda droit dans les yeux.

— Je ne vends pas de marchandise utilisée. Ce qui est plutôt comique sachant que, moi, je travaille toujours ici.

— Je t'en prie, je ne t'ai pas utilisée, Amber, se défendit-il, les dents serrées.

— Ah non ? Alors comment appelles-tu ce que tu m'as fait ? Mais oui, bien sûr, tu m'as épousée par amour !

131

— Les choses changent. Les gens évoluent. Je…

— Tu plaisantes ?! Le grand Steve Rockwell serait capable de changer ? Ça m'étonnerait. Tu ne fais que ça, utiliser les gens, que ce soit en affaires ou dans la vie privée. Dis-moi, qu'est-ce que j'étais pour toi, maestro ?

Visiblement furieux, il faisait les cent pas dans la boutique. Un peu effrayée, Amber se renfonça derrière le comptoir.

— Baste ! rugit-il. Il faut qu'on tire tout ça au clair.

— Non. Toi, tu veux parler et tu veux que je t'écoute. Eh bien je suis désolée, mais on n'obtient pas toujours ce qu'on veut, dit-elle en retenant ses larmes.

— Amber, je te préviens…, fit-il d'un ton étrangement posé.

— Oh, pauvre petit Stevie. Que vas-tu faire ? Me frapper ?

— Bon, ça suffit !

Avant qu'elle n'ait eu le temps de s'esquiver, il avait contourné le comptoir et la plaquait contre le mur sans ménagement.

— Lâche-moi, s'insurgea-t-elle en se débattant.

— Tu ne déposes donc jamais les armes ? dit-il en plaquant son corps contre le sien, l'immobilisant tout à fait.

Elle aurait dû le repousser. Elle aurait dû crier, voire mordre ! Mais elle n'en fit rien. Au contraire, elle cessa de lutter et se laissa submerger par une vague de désir…

— Amber, regarde-moi.

Ignorant son injonction et les battements désordonnés de son cœur, elle secoua la tête Comme elle regrettait de ne pas avoir su garder ses distances ! Le contact de ses mains sur ses bras nus et l'odeur de son après-rasage s'associaient pour lui faire tourner la tête.

— Ça ne résoudra rien, murmura-t-elle.

Il lui releva le menton, la forçant à le regarder.

— Tu en es sûre ?

Il ne lui laissa pas le loisir de répondre et prit ses lèvres ; son baiser lui coupa le souffle.

Elle s'attendait à une étreinte tendre, à ce qu'il la cajole ; or il l'embrassa avec ardeur, la contraignant à capituler. A présent, elle n'avait plus du tout l'intention de résister, ses hormones en ébullition la poussant à faire les gestes les plus insensés, comme déboutonner sa chemise pour sentir la peau de son torse sous ses mains.

Il s'écarta quelques secondes pour la contempler.

— Tu sais ce que je ressens pour toi. Je désire cet enfant plus que tout au monde. On ne peut pas tout recommencer ?

Une peur indicible s'empara d'elle lorsqu'il posa sa main sur son ventre. Mon Dieu, à quoi pensait-elle ? Il lui avait joué la comédie ! Il pensait pouvoir l'amadouer en lui faisant l'amour et en prononçant quelques phrases bien senties. Mais il n'était pas question qu'elle se laisse faire !

Elle le repoussa violemment, et il la fixa avec un ahurissement qui frisait le ridicule.

— C'est fini, Steve. Sors de ma vie.

— Mais… et le bébé ? balbutia-t-il en la regardant comme si elle était devenue folle.

Elle aurait dû s'en douter. C'était tout ce qui l'intéressait : engendrer un héritier pour s'accaparer la fortune de sa grand-mère. Malheureusement pour lui, il avait fait une erreur de tactique. S'il lui avait demandé pardon et l'avait rassurée en lui murmurant des mots d'amour, elle aurait peut-être pu se laisser fléchir… Mais son calculateur de mari n'avait fait que s'enfoncer dans le mensonge, lui laissant entendre qu'elle n'était pour lui qu'une… qu'une matrice !

La tête lui tournait, tellement elle avait mal. Elle avait besoin de prendre l'air, tout de suite.

Subitement, elle sut comment se débarrasser de l'homme qui venait de lui briser le cœur pour la seconde fois.

— Je ne suis pas enceinte.

Elle n'était pas croyante, pourtant elle espéra ne pas aller en enfer pour avoir proféré un mensonge aussi énorme.

Le regard qu'il lui lança la glaça.

— Qu'est-ce que tu dis ?

— J'ai fait une erreur. Je n'ai pas eu mes règles parce que je devais être trop stressée par l'ouverture de la boutique. Pas la peine d'en faire tout un fromage.

— Justement, si.

— Comment ça ?

— Tu as tort sur toute la ligne. A propos de ce que je ressens pour toi, de l'enfant dont je te croyais enceinte, et à propos de notre mariage. Tu as tout faux.

Sentant venir les larmes, elle s'exhorta au calme. Elle voulait à tout prix éviter de craquer sous ses yeux. Il fallait qu'elle le mette dehors au plus vite. Elle releva le menton et le fixa droit dans les yeux.

— Je suis désolée de te décevoir, Steve, mais l'usine à bébé vient juste de fermer, en ce qui te concerne. Tu auras peut-être plus de chance la prochaine fois. Quant à notre mariage, tu sais parfaitement qu'il ne s'agissait que d'une histoire d'argent entre nous. Tout le reste n'est que le fruit de ton imagination. J'espère que tu ne m'en veux pas ?

Sans même dire un mot, l'homme de ses rêves la gratifia d'un dernier regard accablé et sortit de sa vie.

10.

Steve signa le dernier document qui laissait à Amber la totale jouissance de sa boutique, et le plaça dans une enveloppe kraft. Il ne voulait plus avoir aucun lien avec la femme qui avait débarqué dans sa vie comme une tornade et en était sortie en détruisant tout sur son passage. De toute façon, la boutique avait toujours été *son* bébé…

Bébé.

Comment ce simple mot pouvait-il le faire encore autant souffrir après trois mois ? Il avait espéré que leur enfant à naître sauverait leur mariage ; hélas, à la minute où elle lui avait annoncé qu'il n'y avait pas de bébé, il avait compris que ses chances de la convaincre de son amour étaient nulles. Ce lien si fragile qui le liait à elle s'était soudain rompu, emportant avec lui tout espoir de présenter son arrière-petit-enfant à sa grand-mère avant sa mort.

Mais ce qui lui avait peut-être fait le plus mal, ç'avait été de l'entendre dire qu'elle ne l'avait épousé que pour l'argent.

Il s'était fait des illusions, croyant qu'elle avait elle aussi ressenti cette étincelle entre eux, alors que tout ce qui l'intéressait, c'était son argent. Tout comme sa mère, son but était d'en amasser le plus possible. Et il la méprisait pour ça. Jamais il ne pourrait aimer une telle femme.

Il s'était donc jeté à corps perdu dans le travail pour oublier, trimant comme un forcené et évitant tout contact, hormis avec ses collègues de bureau. Il appelait sa grand-mère toutes les semaines, mais n'avait encore pas eu le courage de lui dire que tout était fini. Ça l'aurait anéantie et elle n'avait pas besoin de ça, en ce moment.

Quant à sa mère, elle ne lui avait plus adressé la parole depuis leur confrontation, lors du défilé de mode. Pourquoi l'aurait-elle fait d'ailleurs, puisqu'il lui avait clairement fait comprendre qu'elle n'hériterait jamais de la fortune de sa grand-mère ?

Il scella l'enveloppe, la tenant comme s'il s'agissait d'une bombe sur le point d'exploser. C'était bel et bien terminé. Il n'aurait plus le moindre contact avec Amber d'ici les neuf prochains mois, date à laquelle le divorce serait prononcé, autrement dit tout juste un an après leur séparation. Il avait entouré la date en rouge sur son calendrier, au cas où il l'oublierait.

Malheureusement, il y avait peu de chance ! Pas un jour ne passait sans qu'il ne pense à elle, sans qu'il ne se demande ce qu'elle portait, qui elle voyait… et cette situation le rendait complètement fou.

Un coup à la porte de son bureau le ramena à la réalité.

— Entrez.

Luke Saunders, l'un des avocats aux affaires pénales de la succursale de Sydney, passa la tête dans l'entrebâillement de la porte.

— Tu as une minute pour un vieux copain ?

— Salut, Saunders, s'exclama-t-il en lui faisant signe d'entrer. Que fais-tu ici ?

— J'étais dans le coin et je me suis dit que je pourrais passer te voir. C'est pas mal ici, Rockwell. Pas mal du tout, même. Comment vont les affaires ?

— Je n'ai pas à me plaindre, dit-il en lui indiquant un siège.

— J'ai entendu dire que tu étais submergé de travail…

— Byrne n'a pas réussi à tenir sa langue, n'est-ce pas ?

— Effectivement, il a fait quelques allusions. C'est vrai que c'est plutôt inhabituel pour un jeune marié de passer autant de temps au bureau… Tu te rappelles comment il était, lui, après son mariage avec Kara ! Il n'avait qu'une hâte, c'était que la journée se termine pour pouvoir rentrer chez lui.

Steve hésita. Matt et Luke étaient ses plus proches amis… Pouvait-il leur avouer la vérité ?

Luke continua sur sa lancée.

— Allez, crache le morceau, Rockwell. Je vois bien que quelque chose te tracasse.

— Amber et moi nous sommes séparés, lâcha-t-il le plus nonchalamment qu'il put.

— Je suis désolé, fit Luke, avec un air de pitié qui ne lui plaisait pas du tout. Tu veux sortir et te prendre une bonne cuite ?

— J'aimerais que ce soit aussi simple, répliqua Steve en réprimant une soudaine envie de rire, chose qu'il n'avait pas faite depuis des mois.

— Que s'est-il passé ?

— J'ai tout fichu en l'air. J'ai vraiment été nul. On s'est mariés pour les mauvaises raisons et, le temps que je m'en rende compte, il était déjà trop tard.

Il fit une pause. Pourquoi n'avait-il pas été aussi clair avec Amber, en lui avouant tout simplement qu'il l'aimait, au lieu de tourner autour du pot ? Pourquoi ne lui avait-il pas dit que si apprendre qu'ils allaient être parents l'avait rempli de joie, ça n'avait pas d'importance si elle ne l'aimait pas ?

— Aujourd'hui, elle ne veut plus entendre parler de moi, et, après notre dernière discussion, je ressens exactement la même chose à son égard.

— Je te connais, Rockwell, fit Luke en secouant la tête. Tu peux être une sacrée tête de mule, quand tu veux. Sans parler de ta propension à donner des ordres et à vouloir tout maîtriser. Disons-le clairement, tu n'es pas toujours un cadeau ! Cela dit, tu n'es pas du genre à te laisser abattre comme ça. Tu es sûr que tu ne peux vraiment rien faire pour changer la situation ?

— Je te remercie du compliment ! Ravi de savoir que j'ai des amis comme toi.

— Eh, ce n'est pas moi qui suis venu m'enterrer ici pour essayer de marquer des points avec le patron.

— C'est moi, le patron, au cas où tu l'aurais oublié !

Steve se souvenait très bien de la façon dont Luke l'avait accueilli au sein de la firme après que Jeff Byrne l'avait nommé associé. Il avait tout fait pour faciliter les choses avec Matt, qui convoitait la place. Ils étaient très vite devenus amis, même s'ils ne se voyaient plus très souvent.

— Bon, ça suffit, on arrête de parler de moi. Et toi, que fais-tu à Brisbane ? Y aurait-il une femme là-dessous ?

Il avait déjà vu Luke en action avec les membres du sexe opposé. Il avait beaucoup de succès auprès des femmes, qui voyaient en cet homme au visage d'ange le mari idéal. Hélas pour elles, il aimait beaucoup trop s'amuser pour rester très longtemps avec la même partenaire, ce que la plupart n'appréciaient que très modérément.

138

— Ah, les femmes ! dit-il en roulant de gros yeux. Ne m'en parle pas. Si je suis ici, c'est pour leur échapper, justement. Quoique je vive chez l'une d'entre elles en ce moment…

— Ça m'a l'air intéressant. Dis-m'en plus.

— Oh là, ne t'emballe pas. Je suis chez ma sœur et elle me rend fou. Elle me trimballe de parc d'attractions en parc d'attractions et m'inflige des heures et des heures de shopping. Elle est complètement cinglée ! Elle m'a même emmené dans une espèce de boutique hippie en prétextant que je dégageais une mauvaise aura. Heureusement que la vendeuse était mignonne, sinon je ne serais pas resté longtemps, tu peux me croire.

Un étrange pressentiment prit Steve d'assaut. Ne voulant pas paraître trop empressé, il résolut de biaiser pour soutirer plus d'informations à son ami.

— Bah ! tu vois des belles filles partout. Qu'est-ce qu'elle avait de spécial, celle-là ?

— Mon vieux, elle était à tomber, répondit Luke, les yeux brillants. De longs cheveux blonds, des yeux noisette, et un corps à se damner ! Je t'assure, si tu l'avais vue ! Elle avait de ces nibards…

Steve ne savait pas ce qui le retenait de massacrer son ami. Non, il devait se faire des idées ; il ne pouvait pas s'agir d'Amber ! La description de Luke correspondait à la majorité des filles du coin. Le Queensland regorgeait de belles blondes aux corps de déesses.

— Dommage pour moi, elle avait un polichinelle dans le tiroir. Sinon, elle m'aurait bien branché…

Le sourire de Luke s'effaça aussitôt en voyant Steve se lever d'un bond.

— Comment s'appelait cette boutique ?

— Eh, du calme, mon vieux ! Laisse-moi réfléchir... Euh, quelque chose en rapport avec la paix ou...

— Est-ce que c'était *Harmony* ?

Jamais de sa vie Steve n'avait autant souhaité obtenir une réponse positive. Mais, si son pressentiment était juste, qu'allait-il faire ?

— Oui, c'est ça ! fit Luke en claquant des doigts. Tu y es déjà allé ? Alors, qu'est-ce que tu penses de la fille ?

Mieux valait qu'il ne reste pas dans les parages. Son amitié avec Luke comptait beaucoup trop à ses yeux, pas question qu'ils en viennent aux mains ! Il attrapa sa veste à la volée sur le dos de son siège et quitta le bureau sans autre forme de procès, laissant son ami totalement ébahi.

Elle avait tellement mal au dos ! Rester debout toute la journée n'était vraiment pas fait pour les femmes enceintes. Et elle avait le sentiment que dormir toutes les nuits dans le lit complètement défoncé de sa vieille caravane ne devait pas arranger les choses... Bah ! elle n'avait pas vraiment le choix ! Au moins, elle avait un endroit où dormir, ce qui n'était pas le cas de toutes les mères célibataires, de nos jours.

— Toc, toc. Tu es là, ma chérie ? s'enquit son père en ouvrant la porte.

— Salut, papa.

Elle se mit sur la pointe des pieds pour l'embrasser, comme elle avait l'habitude de le faire quand elle était petite. Elle retombait d'ailleurs de plus en plus en enfance : elle vivait de nouveau dans sa caravane, son père venait lui rendre visite tous les jours pour voir si ça allait et tous les employés étaient aux petits soins avec elle.

— Comment te sens-tu ?

Oui, vraiment, rien n'avait changé. Ça la rendait folle !

— Ça va très bien, papa. Arrête de t'inquiéter. Tu n'as pas du travail, plutôt ? dit-elle en se préparant un thé à la camomille pour se détendre.

Il s'assit à la petite table et elle lui versa une tasse de café avec trois sucres, comme il l'aimait.

— Justement, je n'aurais plus de travail si tu ne t'étais pas mis en tête d'aller gâcher ta vie à cause de moi.

Amber soupira et versa l'eau bouillante dans sa tasse ; heureusement qu'elle avait les mains occupées, sinon elle l'aurait volontiers étranglé !

— On en a déjà discuté des milliers de fois, papa. Si j'ai épousé Steve, c'est parce que j'en avais envie, pas pour l'argent. Et ce bébé est tout sauf un désastre, c'est un don du ciel.

— Alors tu peux me dire pourquoi cet enfant n'a pas ses deux parents auprès de lui ? Tu es toute seule, tu travailles trop et tu ne manges pas assez.

— Tu plaisantes ?! Je suis aussi large qu'une barrique, je n'ai rien d'une anorexique ! Il a même fallu que j'enlève mon piercing au nombril.

— Je préfère ça ! Tu risquais d'éborgner ton bébé, avec un engin pareil.

— Il faudra pourtant bien t'y faire, papa, répondit-elle avec un faible sourire.

— Hé, je trouve que je suis plutôt à la page ! Figure-toi que je me suis renseigné sur le signe astrologique de mon futur petit-enfant. Tu sais, les histoires de lunes ascendantes et tout ça.

— Ah oui ?

— Nan, je plaisantais, ma chérie, fit-il en grimaçant un sourire.

— Merci, papa. Merci pour tout.

Elle était sincère. Son père l'avait accueillie à bras ouverts la nuit où elle avait débarqué chez lui pour lui apprendre sa séparation d'avec Steve.

Evidemment, elle ne lui avait pas tout dit, pour ne pas l'inquiéter, le priant simplement de ne contacter son mari sous aucun prétexte. Elle lui avait fait promettre d'oublier « ce bon à rien d'avocat », comme il l'appelait…

Colin termina son café et se leva, pas très à l'aise face à tant de gratitude.

— Merci pour le café, ma chérie. Repose-toi bien. A demain.

— D'accord, à demain.

Quand est-ce que les papiers pour la boutique allaient arriver ?

Au début, Steve lui avait envoyé des tas de documents tous plus compliqués les uns que les autres, mais elle s'était vite rendu compte qu'il n'essayait pas de l'effaroucher ; bien au contraire, il faisait toutes les démarches nécessaires pour que *Harmony* devienne sa propriété légale. Le dernier contrat devrait arriver d'un jour à l'autre et elle était très impatiente. Car c'est cette boutique qui lui permettrait de vivre avec son enfant, et d'assurer son avenir…

Quant à elle, depuis son arrivée ici, elle vivait au jour le jour, dans l'incertitude du lendemain. Bizarrement, ça ne l'effrayait pas tant que ça. Sa rupture avec Steve la faisait encore beaucoup souffrir et elle était tellement fatiguée de devoir afficher un sourire de façade devant ses clients et de rassurer son père qu'elle ne prenait même pas le temps de réfléchir à l'avenir.

Elle était tellement perdue dans ses pensées que c'est à peine si elle entendit la porte s'ouvrir.

— Tu as oublié quelque chose, papa ? fit-elle en relevant la tête avec lassitude.

Elle manqua renverser sa tasse en voyant la haute silhouette de Steve sur le seuil.

A sa grande surprise, elle ressentit un puissant désir d'aller se jeter dans ses bras — alors qu'elle aurait dû s'enfuir, séance tenante, le plus loin possible !

— Que fais-tu ici ? réussit-elle à articuler, tout en cachant de son mieux son ventre derrière la table.

— Bonsoir, Amber. J'ai appris que tu avais des choses à m'annoncer.

Il n'attendit pas d'être invité pour entrer dans la caravane, claquant rudement la porte derrière lui.

Mille fois, elle avait imaginé un scénario dans ce goût-là : Steve faisait irruption chez elle, la prenait dans ses bras, caressait son ventre et lui jurait un amour éternel. Puis, comme à cet instant, elle se réveillait et la cruelle réalité reprenait ses droits.

Inutile de nier, il avait l'air parfaitement au courant de sa grossesse.

— Qu'est-ce qui te fait penser que cet enfant est le tien ? finit-elle par demander en posant une main protectrice sur son ventre.

Il parcourut la distance qui les séparait en deux enjambées et la força à se lever.

— Arrête de me mentir. J'exige la vérité, tout de suite.

Chaque muscle de son corps était tendu à l'extrême. Elle ne l'avait jamais vu dans un tel état et ne se sentait pas rassurée. Ses mensonges n'avaient fait qu'alimenter sa colère… Chercherait-il à se venger en lui ôtant la seule chose qui comptait pour elle à présent ? Désespérée, elle aurait voulu se jeter dans ses bras, lui dire la vérité, se faire consoler. Mais l'enjeu était trop important ; ni le contact de sa main ni son regard gris si familier ne pourrait la faire revenir sur sa décision.

— Tu me fais mal. Lâche-moi.

— S'il te plaît, Amber, implora-t-il en retirant sa main. J'ai besoin de savoir. Je deviens cinglé.

Elle ne parvenait pas à lui résister. Elle avait beau tenter de se raisonner, son corps refusait de lui obéir. Il ne portait pas de veste et sa fine chemise blanche mettait en valeur son torse, qu'elle connaissait dans les moindres détails…. Elle avait furieusement envie de lui ; c'était inimaginable, dans un moment pareil ! Cet homme avait le pouvoir de détruire sa vie en lui ôtant son unique raison de vivre : son bébé — et pourtant, elle ne pouvait s'empêcher de le désirer.

— Tu te souviens de la dernière fois qu'on s'est vus, à la boutique ?

Il acquiesça sombrement, et elle poursuivit tant qu'elle s'en sentait encore le courage.

— Tu étais d'accord pour respecter mes conditions. Tu avais juré de respecter ma décision et de t'en aller. Alors que fais-tu ici ?

— Je n'ai pas à respecter des règles qui sont fondées sur des mensonges. Surtout quand ils sont si énormes qu'ils peuvent gâcher des vies. Mon Dieu, Amber, qu'est-ce qui t'a pris ? dit-il en s'effondrant sur une chaise, la tête dans les mains.

Pendant un instant, elle crut qu'il pleurait.

Et, pour la première fois depuis leur séparation, elle se rendit compte de la peine qu'elle lui avait causée. Lui qui avait sauvé l'entreprise de son père et l'avait aidée à se débarrasser de son sentiment de culpabilité qui lui collait à le peau depuis tant d'années…

D'accord, il voulait se servir de leur enfant pour hériter de sa grand-mère, mais était-ce si condamnable ? Après tout, elle lui avait bien menti en prétendant n'être pas enceinte et ne l'avoir épousé que pour l'argent.

Sans réfléchir, elle posa une main consolante sur son épaule.

— Steve ?

— Je me fiche que tu ne m'aimes pas. Je me fiche de l'argent. Tout ce que je désire, c'est élever mon enfant, lui apporter tout l'amour que je n'ai pas eu, dit-il avec une telle douleur au fond des yeux que ça lui était insupportable.

Elle voulut le détromper, lui avouer qu'elle l'aimait, mais il ne la laissa pas l'interrompre.

— Tu n'as pas compris ? Il n'a jamais été question d'argent. Si ma grand-mère veut que mon enfant hérite de sa fortune, c'est pour empêcher ma mère de se l'accaparer. Elle n'a jamais voulu me la léguer parce qu'elle pense que je suis incapable de résister à ma mère — et elle a probablement raison. Toute ma vie, j'ai cherché son approbation, alors, si le fait de lui donner de l'argent avait pu me l'apporter, qui sait si je n'aurais pas fléchi ? Donc, pour simplifier les choses, grand-mère et moi avons décidé de tout léguer à mon futur enfant, sous ma tutelle, sachant que la majeure partie de l'argent serait consacrée à créer une structure pour les enfants cancéreux. Peut-être que mes motivations pour avoir un enfant étaient un peu discutables au début, mais les choses ont changé par la suite. C'est toi qui as tout changé, Amber. Je savais que tu ne m'aimais pas, mais je pensais qu'un enfant pourrait nous rapprocher. Je me disais que, avec le temps, tu apprendrais à mieux me connaître et que tu finirais par tomber amoureuse de moi. Mais je me suis trompé sur toute la ligne.

Amber sentait l'espoir renaître en elle à l'écoute de ces révélations. Elle avait mal jugé son mari, il était temps qu'elle se fasse pardonner. S'asseyant à ses côtés, elle lui prit la main, entrelaçant ses doigts aux siens.

— Non, c'est moi qui me suis trompée.

— Tu veux dire que c'est mon enfant ?

Elle hocha la tête, espérant qu'il la prendrait dans ses bras pour l'embrasser. Elle ne parvenait pas à se concentrer sur ce qu'elle avait à dire. La chaleur de ses mains ravivait les souvenirs de leurs étreintes passées ; elle ne savait plus où elle en était.

Elle respira profondément et serra ses mains plus fort.

— Je t'ai menti. Quand j'ai surpris ta dispute avec ta mère, cette nuit-là, je n'arrivais plus à réfléchir calmement. J'étais tombée amoureuse de toi et j'espérais que tu éprouves la même chose à mon égard. Je croyais que c'était pour cette raison que tu étais si heureux d'avoir un enfant. Alors, quand j'ai compris la vérité, en tout cas, ce que je croyais être la vérité jusqu'à aujourd'hui, j'ai eu le sentiment que le monde s'écroulait. J'avais mal et je voulais que tu souffres autant que moi. C'est pour ça que je t'ai dit qu'il n'y avait pas de bébé.

— Attends un moment, dit-il en la regardant enfin dans les yeux, l'air stupéfait. Est-ce que j'ai bien entendu ? Tu viens de dire que tu m'aimes ?

— Oui. Que veux-tu, les goûts et les couleurs ne se discutent pas, fit-elle en souriant, les yeux pleins de larmes. Je t'aime, espèce de gros bêta arrogant.

Il la prit alors dans ses bras pour une étreinte qui lui sembla durer une éternité. Elle se nicha contre lui, respirant avec délice son parfum… Comment avait-elle pu vivre loin de lui aussi longtemps ?

— Dis-le encore, fit-il en la relâchant pour contempler son visage.

— Non. Tu risquerais d'attraper la grosse tête.

— Mon Dieu, comment avons-nous pu être aussi stupides ?

Il ne lui laissa pas le loisir d'éclaircir ce mystère, l'embrassant à perdre haleine. Elle répondit à ce baiser avec tout son amour.

— Mmm, tu m'as manqué, chuchota-t-il en l'asseyant sur ses genoux.

— Je vois ça, fit-elle en se trémoussant contre lui.

— Eh, tu ne crois pas que tu as fait assez de dégâts pour aujourd'hui ? Tu n'es pas un poids plume, tu sais !

Elle lui asséna un coup de poing dans la poitrine, un grand sourire aux lèvres. Il lui prit la main et la plaça sur son cœur.

— Tu vois ? Les dégâts que tu as faits ici sont irréparables. Je ne serai plus jamais le même.

Il se pencha et l'embrassa tendrement, laissant vagabonder ses lèvres sur son visage, puis il s'attarda sur sa bouche, qui l'avait ensorcelé dès leur première rencontre.

Elle avait les larmes aux yeux en posant la main de Steve sur son ventre rond.

— C'est la même chose ici, maestro.

Au même moment, il perçut un étrange sursaut sous sa main.

— Oh, mon Dieu, tu as senti ça ? s'exclama Amber, tout étonnée. Le bébé a donné un coup de pied !

— C'est incroyable, mon amour, fit-il, émerveillé. Et toi aussi, tu es incroyable, ajouta-t-il en l'embrassant.

Si c'était une fille, il espérait qu'elle lui ressemblerait…

Une larme glissa sur la joue d'Amber et vint s'écraser sur sa main.

— J'imagine que ça signifie que tu es prêt à devenir père ?

— A ton avis ?

— Je pense que tu es le meilleur et je t'aime, dit-elle en prenant son visage en coupe entre ses mains. Oh, et, au fait, les cartes avaient vu juste…

— Je croyais que tu les avais brûlées après notre mariage. Après tout, n'avaient-elles pas prédit qu'un bel inconnu ferait irruption dans ta vie et te rendrait heureuse ? Après notre rencontre, tu n'en avais plus besoin.

— Pourquoi me débarrasserais-je d'une chose qui me prédit aussi bien l'avenir ?

— Parce que, maintenant, je suis là, dit-il en la serrant plus fort dans ses bras. Je vois trois enfants…, enchaîna-t-il en feignant de lire dans les lignes de sa main.

— Seulement trois ?

— Du calme ! Ne perturbe pas le maître. Je vois aussi un homme, un homme extraordinaire, au physique d'apollon…

— Oh, je t'en prie !

— Qui te comblera de joie et d'amour pour le restant de tes jours. Voilà. Eh bien, que penses-tu de mes talents ?

— Tu es un grand devin, murmura-t-elle en l'embrassant tendrement.

Épilogue

Steve et Amber se faufilèrent le plus discrètement possible dans l'église, juste à temps pour assister au baptême de Jessica Kate Byrne.

Ils revenaient de Melbourne, où ils avaient rendu visite à la grand-mère de Steve. Cette dernière, bien décidée à voir grandir son petit-fils ou sa petite-fille, s'accrochait de toutes ses forces à la vie. Quant à Steve, il s'étonnait tous les jours un peu plus de la forme incroyable de sa femme, enceinte de maintenant huit mois. Le seul problème, c'est que son enthousiasme au lit, dans la cuisine, ou encore dans le salon, avait failli leur faire rater l'avion. Mais il ne s'en plaignait pas, bien au contraire…

Après la cérémonie, Steve alla voir Luke, en grande conversation avec une jolie brune.

— Salut, Saunders. Je crois qu'il y a ici une personne que tu aimerais rencontrer…

— Ecoute, ce n'est pas parce que tu nages dans le bonheur avec ta femme que tu dois absolument chercher à me caser…

— Luke Saunders, je te présente Amber, mon épouse.

Tout d'abord, son ami parut être devenu muet. Puis, il reprit contenance, et afficha un grand sourire.

— Enchanté de vous rencontrer, Amber. Steve m'a beaucoup parlé de vous, dit-il en lui lançant son célèbre sourire ravageur.

— Excusez-moi, mais ne nous sommes-nous pas déjà rencontrés ?

Steve manqua s'étrangler de rire devant l'expression décomposée de Luke ; il était rare de le voir aussi mal à l'aise.

Vas-y, Luke La Main Froide. Je suis curieux de voir comment tu vas réussir à t'en sortir, cette fois-ci.

Mais, avant que celui-ci n'ait eu le temps de répondre, Matt et Kara Byrne vinrent à leur rencontre.

— Content de te voir, Rockwell, fit Matt. Il était temps. Comment as-tu pu nous cacher ton épouse aussi longtemps ? Moi, c'est Matt, et cette splendide créature est ma femme, Kara, dit-il en se tournant vers Amber.

— J'ai beaucoup entendu parler de vous, répondit-elle avec un sourire. Et félicitations. Jessica est très belle.

— C'est vrai, fit Matt, fier comme un paon. Elle est tout le portrait de sa mère, grâce à Dieu !

— Venez m'aider avec les boissons, Amber, intervint Kara, visiblement amusée. Il y a beaucoup trop de testostérone dans le coin.

Les deux femmes s'éloignèrent, laissant seuls les trois avocats.

— Espèce de faux frère, s'exclama Matt en lui donnant un coup de poing dans le bras. Tu ne m'avais pas dit qu'elle était aussi époustouflante.

— Ah bon ? Je suis étonné que Saunders ne t'ait pas mis au parfum, dit-il, trop heureux de voir l'expression gênée de ce dernier.

150

Il lui avait pardonné ses remarques à propos d'Amber, mais il n'était pas question qu'il le laisse s'en tirer à si bon compte.

— Oh là, aurais-je manqué quelque chose ? Allez, les gars, racontez-moi, ne me faites pas mijoter.

— C'est un coup bas, Rockwell, fit Luke en baissant la tête.

— Allez, Saunders. Pourquoi ne racontes-tu pas à Byrne ce que tu penses de ma femme, et tout particulièrement de ses gros…

— Ça suffit ! s'indigna Luke en se couvrant les oreilles. Je me suis déjà excusé. Laisse tomber, tu veux.

— Il faut qu'on te trouve une femme, Saunders, s'esclaffa Matt. Et le plus tôt sera le mieux, avant que tu ne te mettes à draguer Kara…

— Ah, ah, très drôle ! Vous êtes vraiment des petits rigolos, vous deux. Mais pourquoi ne me laissez-vous pas tranquille pour aller rejoindre vos petites familles, hein ? fit-il en essayant de garder son sérieux, mais en vain. En plus, vous me cassez la baraque. Je ne savais pas que Kara avait des amies aussi mignonnes.

Steve observa la foule et remarqua effectivement de très jolies femmes. Cela dit, aucune d'entre elles ne l'attirait autant que son épouse… Elle était resplendissante, dans son ensemble de grossesse.

Elle releva la tête, comme si elle avait senti son regard, et lui sourit.

Steve s'en émut. Parfois, le simple fait de la regarder le rendait fou de bonheur. C'était incroyable d'aimer quelqu'un à ce point !

— Ne regarde pas tout de suite, fit Matt à Luke, mais Rockwell est en train de faire de l'œil à sa femme. Ça ne te rend pas malade ?

— Vous me fatiguez, tous les deux. Allez, à plus tard, grommela Luke en s'éloignant, prêt à débusquer sa nouvelle proie parmi les invitées.

Matt se tourna vers Steve.

— Ça te manque, à toi, tout ça ? s'enquit-il en désignant un groupe de jolies filles. Tu sais, l'excitation de la « chasse » ?

— Mon Dieu, non ! Pas du tout.

— A moi non plus. Ma vie actuelle me convient parfaitement.

— Je suis complètement d'accord avec toi, approuva Steve en reportant son regard sur Amber, qui lui fit signe. Ah, le devoir m'appelle, Byrne. A tout à l'heure.

— Alors, qu'est-ce que vous vous racontiez, tous les trois ? J'espère que tu n'étais pas encore en train de chanter mes louanges ?

— Eh si, ma chérie. Que se passe-t-il ?

— J'avais envie de te dire quelque chose, dit-elle en se mettant sur la pointe des pieds pour lui murmurer à l'oreille : Je t'aime, maestro.

L'attirant à lui, il la prit dans ses bras. Il lui serait éternellement reconnaissant pour la joie qu'elle avait apportée dans sa vie...

Et, glissant le visage dans son cou, il répondit :

— Madame Rockwell, je partage entièrement vos sentiments.

Le nouveau visage
de la collection Or

◆

AMOURS D'AUJOURD'HUI

Afin de mieux exprimer sa modernité et de vous séduire encore davantage, votre collection Or a changé de couverture et de nom depuis le 1er mars 1995.

Rassurez-vous, les romans, eux, ne changent pas, et vous pourrez retrouver dans la collection **Amours d'Aujourd'hui** tous vos auteurs préférés.

Comme chaque mois, en effet, vous y attendent des héros d'aujourd'hui, aux prises avec des passions fortes et des situations difficiles...

COLLECTION
AMOURS D'AUJOURD'HUI :
Quand l'amour guérit des blessures de la vie...

Chère lectrice,

Vous nous êtes fidèle depuis longtemps?
Vous venez de faire notre connaissance?

C'est pour votre plaisir que nous avons
imaginé un rendez-vous chaque mois
avec vos auteurs préférés, vos
AUTEURS VEDETTE dans les
collections Azur et Horizon.

Les AUTEURS VEDETTE vous
donneront rendez-vous pour de
nouveaux livres vedette.

Pour les reconnaître, cherchez
l'étoile... Elle vous guidera!

Éditions Harlequin

HARLEQUIN

LE FORUM DES LECTEURS ET LECTRICES

CHERS(ES) LECTEURS ET LECTRICES,

VOUS NOUS ETES FIDÈLES DEPUIS LONGTEMPS?

VOUS VENEZ DE FAIRE NOTRE CONNAISSANCE?

SI VOUS AVEZ DES COMMENTAIRES, DES CRITIQUES À
FORMULER, DES SUGGESTIONS À OFFRIR, N'HÉSITEZ
PAS... ÉCRIVEZ-NOUS À:

> LES ENTERPRISES HARLEQUIN LTÉE.
> 498 RUE ODILE
> FABREVILLE, LAVAL, QUÉBEC.
> H7R 5X1

C'EST AVEC VOS PRÉCIEUX COMMENTAIRES QUE NOUS
ALLONS POUVOIR MIEUX VOUS SERVIR.

DE PLUS, SI VOUS DÉSIREZ RECEVOIR UNE OU
PLUSIEURS DE VOS SÉRIES HARLEQUIN PRÉFÉRÉE(S)
À VOTRE DOMICILE, NE TARDEZ PAS À CONTACTER LE
SERVICE D'ABONNEMENT; EN APPELANT AU
(514) 875-4444 (RÉGION DE MONTRÉAL) OU 1-800-667-4444
(EXTÉRIEUR DE MONTRÉAL) OU TÉLÉCOPIEUR
(514) 523-4444 OU COURRIER ELECTRONIQUE:
AQCOURRIER@ABONNEMENT.QC.CA OU EN ÉCRIVANT À:

> ABONNEMENT QUÉBEC
> 525 RUE LOUIS-PASTEUR
> BOUCHERVILLE, QUÉBEC
> J4B 8E7

MERCI, À L'AVANCE, DE VOTRE COOPÉRATION.

BONNE LECTURE.

HARLEQUIN.

VOTRE PASSEPORT POUR LE MONDE DE L'AMOUR.

<u>COLLECTION HORIZON</u>

Des histoires d'amour romantiques qui vous mènent au bout du monde!

Découvrez la passion et les vives émotions qu'apportent à la Collection Horizon des auteurs de renommée internationale!

Captivantes, voire irrésistibles, ces histoires d'amour vous iront assurément droit au coeur.

Surveillez nos trois nouveaux titres chaque mois!

69 L'ASTROLOGIE EN DIRECT ♏
TOUT AU LONG
DE L'ANNÉE.

(France métropolitaine uniquement)
Par téléphone 08.92.68.41.01
0,34 € la minute (Serveur SCESI).

Composé et édité par les
*éditions*Harlequin
Achevé d'imprimer en août 2005

BUSSIÈRE
GROUPE CPI

à Saint-Amand-Montrond (Cher)
Dépôt légal : septembre 2005
N° d'imprimeur : 51879 — N° d'éditeur : 11512

Imprimé en France